남에게
행복을 주는 사람은

이 종 권

문현
도서출판

머리말

또 종이에 몇 가지 생각들을 올린다. 평범한 생활인으로서 제법 마음이 맑아질 때면 그러한 마음을 다른 분들과 나누고 싶은 '욕망' 때문에 글을 쓰게 된다. 그러나 이러한 내 마음이 독자들에게 혹 부담을 드리지는 않을까 염려되기도 한다. 주옥같은 글을 남기신 법정스님조차 "말빚을 저세상으로 가져가지 않겠다."고 하셨다는데 50평생 속세에 찌든 늦깎이 학자의 글이 얼마나 좋은 향기를 낼 수 있겠는가? 그러나 도서관장이로서 책을 만들고 싶은 '욕망'은 어쩔 수 없는가 보다.

이 책은 필자가 2008년에 낸 수필집 "도서관에 피어나는 아카데미 연꽃"과 "책 읽는 세상은 아름답다"에 이은 세 번째의 수필집이다. 앞선 책들은 내 전공인 문헌정보학과 불자로서의 생활 단상이 혼합되어 있었으나 이번에는 주로 불자로서의 생각들만 모아보았다. 서울 삼각산 화계사 법보에 연재되었던 '화계 칼럼'과 생각날 때마다 적어두었던 단상들, 그리고 앞선 수필집에 게재되었던 불교적 글들도 몇 편을 뽑아 함께 모았다.

3

필자는 "생각은 나누어야 자란다."고 생각한다. 우리들이 생활 속에서 터득하는 좋은 생각들을 서로 나눈다면 온 생명의 상생을 촉진할 수 있을 것 같다. 나눔은 소통이다. 소통은 화합이다. 화합은 행복이다. 행복은 극락이다. 나눔, 소통, 화합, 행복, 극락 이 모든 것이 우리의 마음으로부터 발아되는 것이라면 우리들은 누구나 마음의 문부터 활짝 열고 세상 만물 온 생명을 맞이해야하지 않을까 싶다.

2010년 7월

이종권 拜

차 례

부록

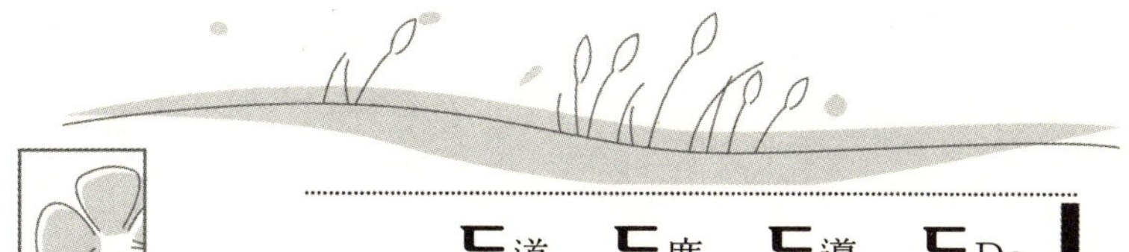

도道, 도度, 도導, 도Do

화계사에 갔다 돌아오는 길에 운전을 하면서 새삼 '도란 무엇인가?'에 대하여 질문과 답변을 혼자 말로 나누기 시작했다. 이 어려운 종교적 주제를 마치 다 아는 듯이 주제넘게 중얼거리고 있었다. 그리고는 마음속으로 도에도 참 여러 가지가 있지만 "모든 도가 다 한가지로 통한다."는 어설픈 결론을 내리고 있었다. 나의 사유는 이러하다.

첫째의 도는 길 도道이다. 우리는 날마다 길을 간다. 목적을 가지고 가기도 하고 무작정 가기도 한다. 길에는 보이는 길도 있고, 보이지 않는 길도 있다. 보이는 길은 걸어서 갈수도 있고, 차를 타고 갈수도 있다. 걷는 것은 우리에게 여유와 자유를 준다. 차를 타면 그만큼 갇히게 된다. 길을 갔다 오면 무엇을 얻고 오기도 하고, 잃고 오기도 한다. 그 무엇은 소중한 지혜일 수 있고, 부담스러운 짐일 수도 있다. 또한 길은 위험할 수 있다. 그래서 길 가는 이에게 항상 '조심해서 다녀오라' 한다. 길은 보이지 않는 길 즉, 마음의 길이 더욱 중요하다. 마음의 길은 각자의 내면에 숨어 있으며 마음의 길이 인도하는 곳으로 몸이 움직인다. 수도修道는 마음의 길은 닦는 것이다. 좋은 길, 옳은 길, 보살의 길, 성불의 길을 가기 위해 길을 닦는다. 살아서는 스스로 닦고 죽어서는 천도遷度를 받는다.

두 번째의 도는 척도 도度이다. 척도는 재는 것, 즉, 평가의 의미가 있다. 온도를 잴 때 1도, 2도, 3도 등으로 그 정도를 나타낸다. 도량형度量衡은 물건의 부피와 무게 및 양을 평가하는 방법이다. 도度는 도道와 통한다. 우선 위에서 본 '천도遷度'가 그렇다. 좋은 길로 길의 수준을 바꾸어 주는 것을 천도라 한다. 올바른 정진 수행은 점점 심도深度를 더한다. 그 경지를 높여가야만 진정한 수도의 효과가 있다. 수도의 끝은 성불도, 즉 열반涅槃이다. 성불한 영혼에게는 천도遷度가 필요 없다. 이미 극락極樂에 있기 때문이다.

세 번째의 도는 인도引導할 도導이다. 길을 모르는 사람에게는 길안내가 필요하다. "이쪽으로 가시오, 저쪽으로 가시오." 하고 길잡이를 해주어야 바른 길을 갈 수 있다. 길은 길을 아는 사람이

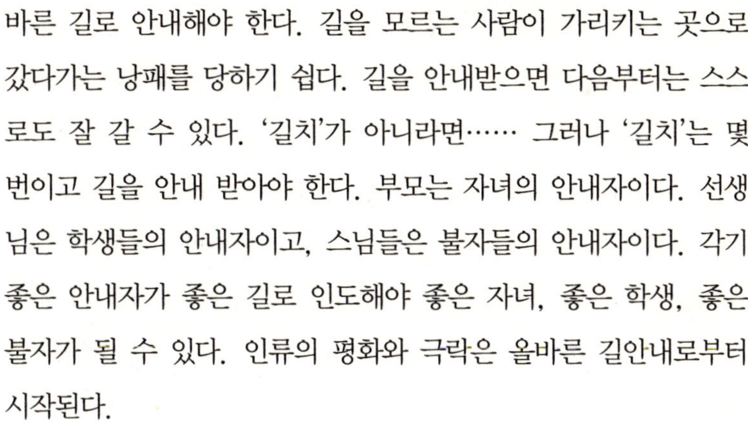

바른 길로 안내해야 한다. 길을 모르는 사람이 가리키는 곳으로 갔다가는 낭패를 당하기 쉽다. 길을 안내받으면 다음부터는 스스로도 잘 갈 수 있다. '길치'가 아니라면…… 그러나 '길치'는 몇 번이고 길을 안내 받아야 한다. 부모는 자녀의 안내자이다. 선생님은 학생들의 안내자이고, 스님들은 불자들의 안내자이다. 각기 좋은 안내자가 좋은 길로 인도해야 좋은 자녀, 좋은 학생, 좋은 불자가 될 수 있다. 인류의 평화와 극락은 올바른 길안내로부터 시작된다.

네 번째의 도는 음계音階에서의 도Do이다. 이 도는 서양에서 나왔으므로 앞의 세 가지 도와는 그 성격 계열이 다르다. 그러나 잘 살펴보면 앞의 도들道, 度, 導과 통하는 면도 있음을 알 수 있다. 음계는 도 레 미 파 솔 라 시 도로 되어 반복된다. 도Do는 출발점이다. 또한 처음과 끝을 이룬다. 음계는 음정의 높낮이를 나타내며 가장 낮은 음이 도이고 가장 높은 음도 도이다. 처음과 끝이 같아서 우리가 흔히 쓰는 '졸업은 새로운 시작'이라는 말을 실감나게 한다. 새로 시작하는 도Do는 바로 인생의 도道와 통하는 것 같아 놀랍기도 하다. 인생은 항상 새로 시작하는 마음, 즉, 어느 정도程度의 도道에 이르러서도 또 새로 시작하는 도度가 있다는 것을 우리는 음계의 도Do를 통해서도 배울 수 있다.

　도, 도, 도, 도. 도道는 도度와, 도導와, 도Do와 통한다. '도통'인 것이다. 이 도, 저 도가 다 통하고 있으니 결국 우리 인생의 길은 모두 하나로 수렴되고, 융합되는 것이 아닌지 모르겠다. 길道을 가되 좋은 길度을 가고, 좋은 길을 가되 항상 처음Do을 생각하고, 어린 중생들을 좋은 길로 인도引導하고…… 이러한 도를 잘 행하는 것이 우리 불자들의 인생길이 아닐는지? 운전대를 잡고 자유로를 달리며, 내 마음은 해맑은 가을의 파아란 하늘을 걸어가고 있었다.

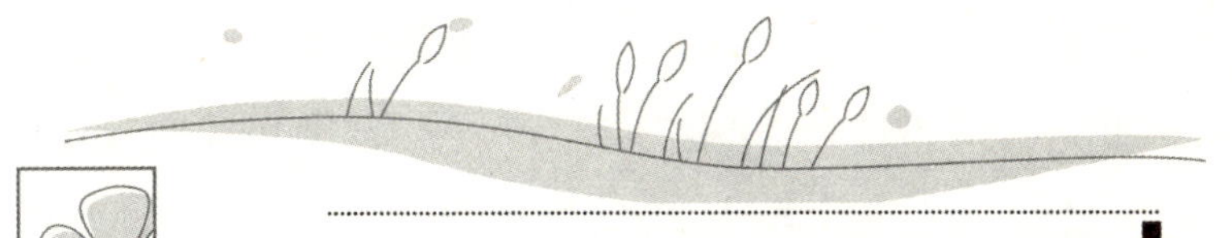

마음에 피는 연꽃

　나고 자란 고향이 계룡산 산골이다 보니 1년에도 서 너 번은 대전을 가게 된다. 그런데 세월이 좋아지니 고속버스나 열차를 탈 경우는 가뭄에 콩 나듯하고, 주로 자동차를 몰고 간다. 한번은 천안에서 공주 논산으로 가는 새 길이 있기에 그 길로 들어섰다. 그런데 문득 그곳은 민자 도로라 도로비가 비싸다는 입소문이 떠올라 곧 바로 남천안 나들목으로 빠져 국도로 들어섰다. 국도인데도 4차선으로 시원하게 뚫려 있어 고속도로나 매 한가지였다. 제한 최고속도는 80km. 좀 저속이지만 대신 여유 있게 '룰루랄라' 노래하며 달릴 수 있는 좋은 도로였다.

　한참을 달리다보니 길가에 '연꽃 축제'라는 현수막이 보였다. 그래서 시간여유도 좀 있겠다, 한번 들러보기로 결정했다. 내심,

노래하고 떠드는 축제보다도 연꽃이 많이 있을 것이라는 기대 때문이었다. 현수막이 가리키는 방향으로 들어가니 바로 휴게소처럼 만들어놓은 식당이 있고, 그 뒤쪽으로 연꽃 밭이 제법 넓게 조성되어 있었다. 연꽃은 물에서 자라므로 연꽃 밭 사이로 통과하는 길은 나무로 다리처럼 연결되어 있었다. "와 멋있다" 감탄이 절로 나왔다. 연꽃이 많이 피지는 않았지만 큰 밭 가득 넘실거리는 연꽃잎이 초록 융단 모자이크 이불을 덮어 놓은 것처럼 맑고 부드러운 '필드'를 이루고 있었다. 하얀 연꽃은 여기서는 망울지고 저기서는 활짝 피고, 꽃잎이 떨어진 꽃대는 군데군데 '마이크'를 달고 있었다.

장관이로고! 연이 이렇게 많으니 저절로 마음이 연잎처럼 싱싱하게 너울대고, 백련처럼 아름답게 부풀어 오르는 것 같은 '카타르시스'를 느꼈다. 이 싱싱하고 깨끗한 마음을 저 꽃대 '마이크'를 통해 세상에 중계하고 싶은 충동이 일어났다.

"여러분 안녕하십니까?

저는 지금 차령 연꽃 밭에 나와 있습니다. 혼자 보기 너무 아까워 여러분에게 특종 단독으로 전해드립니다. 시간되시면 얼른 오셔서 이 초록의 부드러운 생명, 옥 같은 백련을 영접하십시오. 여기 오시면 여러분의 마음은 바로 연꽃으로 변할 것입니다. 이상

차령산맥 연꽃 필드에서 이종권이가 전해드렸습니다. BBS."

연꽃은 진흙탕 더러운 속에서도 항상 청초하고 아름답게 피어 난다고 해서 불가의 선택을 받은 꽃이다. 그러나 어디 불가뿐이랴. 무릇 꽃은 특정 종교나 특정인의 전유물이 아니거늘 모든 종교, 모든 무종교, 모든 학교, 모든 아카데미 연꽃을 사랑한다 해서 누가 뭐라고 하겠는가? 필자가 몸담고 있는 학교는 그래서 더 자랑스럽고 아름답다. '일감호—鑑湖' 넓은 호수에 연 잎 카펫을 띄워놓고 무시로 학생들의 가슴에, 마음에 저 아름다운 연심을 심어주고 있으니, 학생들, 우리 같이 언제나 마음 가득 연꽃을 피우자꾸나. 언제 어디를 가더라도……

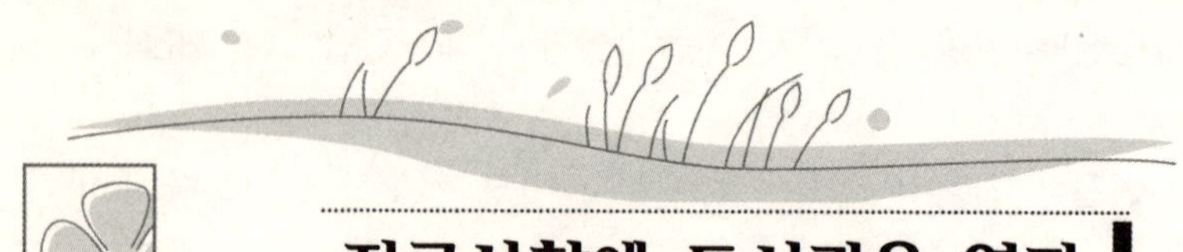

전국사찰에 도서관을 열자

문명인이 사는 곳에는 어디에나 말과 글 그리고 이를 담는 미디어가 있다. 문명의 전파와 발전은 책으로 대표되는 정보미디어를 통해서 가속되어 왔다. 책이 없었다면 인류의 문명이 오늘처럼 눈부시게 발전하지 못했을 것이다. 책은 오늘의 문명을 낳은, 그리고 미래의 문명을 낳을 현명한 도구이다. 따라서 책의 중요성만큼은 누구나 다 인정하고 있는 것 같다. 부모들은 자녀들이 책을 사겠다면 흐뭇해하면서 쌈지 돈을 꺼내주기를 마다하지 않는다. 그러나 이렇게 사람들은 책을 소중하게 여기는데, 책을 수집, 보존하면서 편리하게 이용시키는 도서관에 대해서는 이상하리만큼 무관심한 것 같다. 책이 중요하다면 책을 많이 담고 있는 도서관 역시 중요할 터인데도……

다 아는 이야기겠지만 불교는 2500여 년 전 수차례에 걸친 경전의 결집으로 정신문명의 으뜸이 되는 부처님의 가르침을 전 세계에 전파하여 왔다. 불교는 초기 경전을 기반으로 후대로 내려오면서 수많은 고승 대덕들의 수행과 연구 및 저술을 통하여 부처님의 가르침을 그 나라 그 시대에 맞도록 새롭게 전파하여 왔으며, 여기에는 항상 경률론經律論의 서적들이 중요한 역할을 하였다. 그런데 불교계 역시 불교 관련 문헌정보를 체계적으로 보존, 활용시키는 도서관에 대해서는 그다지 관심을 갖고 있지 않는 것 같다.

물론 동국대학교, 위덕대학교, 금강대학교 등 불교대학이 있는 몇몇 대학들은 대학도서관 안에 불교학자료실을 운영하고 있다. 그러나 이들은 대학에 소속된 도서관으로서 우선 도서관수가 매우 적을 뿐 아니라 일반인이 접근하기에는 물리적 심리적 거리감이 있다. 또 사찰에서 운영하는 도서관이 몇 군데(전국적으로 16곳?) 있다지만 일반 불자들은 어느 절에 도서관이 있는지를 거의 알지 못하고 있다. 사찰은 많은데 사찰도서관은 거의 없는 것이나 다름이 없다.

사찰에 도서관이 없다고 해서 불교포교가 부진하다고 단정하기는 어려울 것이다. 그러나 사찰마다 도서관이 있다면 불교의 효과적인 교학환경이 조성되는 것이니, 어린이로부터 어른에 이르기까지, 남녀노소 누구나 불교를 보다 합리적으로 접할 수 있게 될 것이다. 예를 들면 관광객이 사찰에 왔다가 좋은 도서관을 발견한다면, 그리고 불교에 대한 정보를 얻고, 단 몇 줄의 글이라도 읽고 간다면 그러한 행동은 다음번에는 더욱 발전된 모습으로 나타나고 절에 가는 의미도 새로워질 것이다. 또한 사찰도서관에서 다양한 불교교육 프로그램을 운영한다면 불교의 대중화 효과가 획기적으로 증대될 수 있을 것이다.

역사적으로 보면 문명이 발전했던 곳에는 어디에나 좋은 도서관이 있었다. 헬레니즘문화를 전파한 알렉산드리아도서관은 하나의 좋은 예이다. 그리스의 학문이 세계의 학문으로 발전되고 전파되어 나간 것은 알렉산드리아도서관의 역할이 지대했다고 한다. 그 도서관은 일종의 종합교육기관으로서 한때 70만권의 파피루스 장서를 갖추고 학자들이 모여 연구하고 토론하고 저술하는 도서관이었다고 한다. 서양 중세를 이끌어온 기독교는 유럽 전역에 산재했던 수많은 수도원도서관을 통하여 서양의 정신사를 이끌었으며, 그 결과 지금까지도 서양은 기독교의 소명의식에 의한 금욕적 자본주의가 주도하고 있다. 르네상스시대의 메디치도서관은 르네상스를 성공시킨 본산이었다.

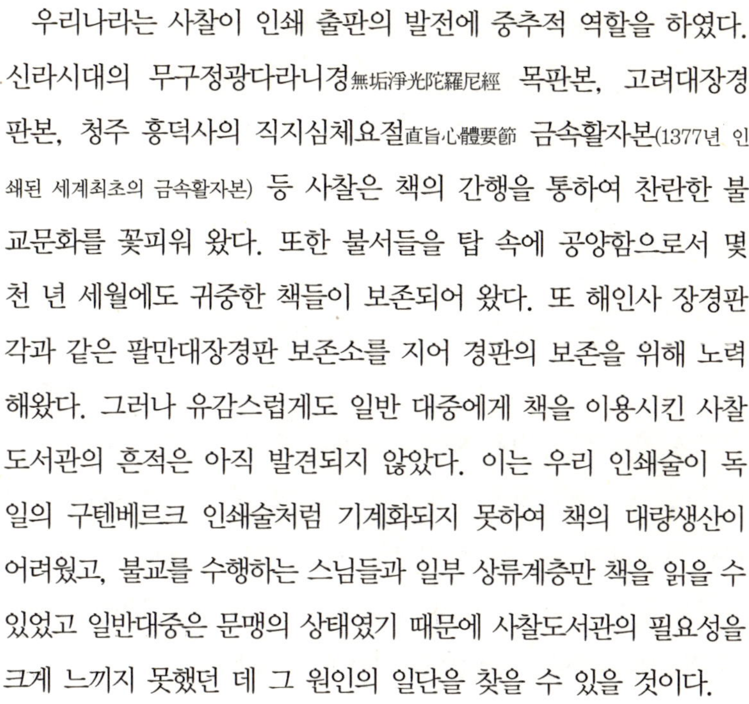

　　우리나라는 사찰이 인쇄 출판의 발전에 중추적 역할을 하였다. 신라시대의 무구정광다라니경無垢淨光陀羅尼經 목판본, 고려대장경 판본, 청주 흥덕사의 직지심체요절直指心體要節 금속활자본(1377년 인쇄된 세계최초의 금속활자본) 등 사찰은 책의 간행을 통하여 찬란한 불교문화를 꽃피워 왔다. 또한 불서들을 탑 속에 공양함으로서 몇천 년 세월에도 귀중한 책들이 보존되어 왔다. 또 해인사 장경판각과 같은 팔만대장경판 보존소를 지어 경판의 보존을 위해 노력해왔다. 그러나 유감스럽게도 일반 대중에게 책을 이용시킨 사찰도서관의 흔적은 아직 발견되지 않았다. 이는 우리 인쇄술이 독일의 구텐베르크 인쇄술처럼 기계화되지 못하여 책의 대량생산이 어려웠고, 불교를 수행하는 스님들과 일부 상류계층만 책을 읽을 수 있었고 일반대중은 문맹의 상태였기 때문에 사찰도서관의 필요성을 크게 느끼지 못했던 데 그 원인의 일단을 찾을 수 있을 것이다.

　　이러한 동서양의 역사에서 공통점은 책을 소중히 여겨 많은 책을 필사, 인쇄해 내었다는 점일 것이다. 그러나 차이점은 서양에서는 일찍부터 체계적인 도서관을 만들고 보존하면서 이용을 확대시켜왔지만, 동양에서는 일부 상류층에서만 서적을 보존 활용하고, 대다수의 시민들에게는 접근의 기회를 주지 않았다는 것이다. 이는 결과적으로 오리엔트 문명과 인도문명, 황허문명 등 문명의 출발은 동양이 앞섰으나, 시대를 내려올수록 서양의 인쇄술과 도서관 문화에 뒤떨어져 지식과 정보의 소통이 원활하지 못함으로써 18세기 이후로는 서양에게 문명의 선두자리를 내준 결과가 되었다. 도서관을 일으키지 못한 동양의 우둔함이 문명의 경쟁에서 뒤지는 결과가 되었다는 역사의 교훈을 우리는 되새겨보아야 하겠다.

이제 우리도 희망이 있다. 우리는 정부수립 이후 국민의 드높은 교육열과 대중교육의 보편화로 거의 모든 사람들이 문자해독 능력을 갖추게 되었다. 따라서 이제는 우리도 각종 도서관을 많이 짓고 새롭게 정비하여 가는 중이다. 잘 안 되는 분야가 있다면 바로 종교계의 도서관들이라 생각된다. 따라서 불교계는 불교도서관을 많이 열어야 한다고 본다. 특히 조계종을 비롯한 불교계는 전국의 사찰에 일반인들을 위한 아담하고 좋은 도서관들을 설립하도록 종단차원의 정책지원을 하는 것이 바람직하다고 본다. 전국 사찰의 도서관과 각 불교종단의 중앙도서관이 네트워크를 형성하게 되면 이는 곧 불교정보화가 이루어지는 것이며 사부대중 모든 사람들이 이 네트워크에 들어와 언제든지 불교를 공부할 수 있게 될 것이다. 산 좋고 물 맑은 수려한 사찰 경내의 도서관에서 불교를 강학하고 공부하는 멋진 불교인들이 늘어나게 되면 불교의 포교는 자연스럽게 확대될 수 있으며 우리 한국불교문화가 대중 속에 새로이 꽃피어 날 수 있을 것이다.

‘참’ 불자와 ‘무늬’만 불자

불자는 불교를 믿고 따르고 실천하는 수행자이다. 스님도 재가 불자도 모두 불자임은 동일하다. 그러나 스님들은 재가불자보다 학문적으로 불교를 배우고, 수행하고, 계율을 지키므로 일단은 모범적인 불자로 보아야 한다. 간혹 그렇지 못한 스님도 있지만 그런 스님은 ‘무늬만 스님’인 셈이어서 스승으로 모시기는 어려울 것 같다. 따라서 승복을 입었다고 누구에게든 믿고 따르는 것은 금물이다.

그럼 스님들을 의심하란 말이여? 그건 아니다. 스님들을 일단 존중하고 따라야 한다. 그러나 그 언행과 실천 수행을 지켜볼 필요가 있다. 한 1년 정도만 지속적으로 관찰해 보면 그 스님이 참으로 올바른 스님인지를 판단할 수 있다. 그 분의 언행 속에서,

그리고 실제의 행동 속에서 과연 불교인의 참모습이 보이는지를 판단할 수 있는 것이다. 불교 상식이 없더라도, 일상적인 생활 상식만 가지고도 그 정도는 판단할 수 있다.

예를 들어 어떤 스님이 일반 신도들과 슬슬 능글맞은 '농담 따먹기'를 한다든지, 말을 빙빙 돌리면서 다소 나태한 듯 보이는 스님, 이런 스님은 진짜眞字스님이라고 보기 어려울 것이다. 또 외모에 신경을 쓰며 턱수염을 기르거나, 이상한 복장에 퉁소를 불며 관심을 유도하는 '스님'도 진실성이 없어 보이기는 마찬가지다. 석가모니 부처님의 말씀을 따르고 실천하는 진정한 스님은 언행부터 다르다. 자신을 한 없이 낮추고 겸손하며, 본인이 깨달은 진리만을 말씀한다. 법회를 해도 간단, 명쾌하다. 시간 때우기 내지 시간 끌기 식의 잡소리를 하지 않는다.

재가불자도 마찬가지다. 절에 열심히 나가는 불자들도 불교공부는 별로 하지 않는 것 같다. 재가불자들이 절에 오면 반야심경, 천수경 등 기도문을 잘 외우고 절도 백팔 배 열심히 한다. 그러나 절에서 내려가면 '말짱 도루묵'인 경우가 허다한 것 같다. '정구업 진언 수리수리 마하수리 수수리 사비하!' 절에서는 열심히 기도문을 외운다. '사홍서원' 노래도 부르고, '색즉시공 공즉시색' 반야심경도 열심히 외우며 기도한다. 그러나 일상으로 돌아가면 언제 그랬냐는 듯 육두문자와 욕설을 퍼붓는 사람들이 많이 있다.

　이와 같은 실상은 필자의 상상력에 의존한 것만은 절대 아니다. 지금까지 이절 저절 돌아보며 필자의 눈에 비친 '불자'들의 모습이다. 절에 주석하시는 스님들, 정성껏 절에 다니시는 할머니, 아주머니 '보살님'들, 천수경 반야심경을 줄줄 외우며 타의 추종을 불허하는 암기력을 지니신 불자님들, 그래서 정말 불심이 돈독하다고 믿어지는 불자님들, 그 분들의 입에서 '촌철살인'의 육두문자가 나오는 것을 비일비재하게 체험했던 것이다.

　무릇 불자는 석가모니 부처님처럼 언행이 여일하고 지혜가 밝아 언제 어떤 상황에서라도 변함없는 자비를 베풀어야 한다고 본다. 무지한 중생들을 잘 가르쳐 바로잡아주고, 도와주고, 봉사하고, 진정으로 사랑을 베푸는 것, 그것이 불자의 실천수행이 아닐는지? 스님이건 재가불자건 불자는 모두 불자다울 때라야 불자라 할 수 있을 것이다. 불자는 진정으로 부처님의 말씀을 믿고, 따르고, 배우고, 실천해야 한다. 불자는 '참 불자'이어야지 '무늬만 불자'여서는 곤란하다. '무늬만 불자'는 우리에게 불교의 의미도 불자의 의미도 무의미하게 만든다. 불자들의 자화상을 진지하게 그려보고 참회할 때이다.

보리수의 '보리'와 보리밭의 '보리'

석가모니부처님은 지금으로부터 약 2500여 년 전 인도 부다가 야의 보리수 아래서 깨달음을 얻으셨다한다. 그래서 보리수의 '보리'는 '깨달음'을 의미하는 것으로 널리 알려져 있다. 절에 다니면서 들은 바에 의하면 보리수의 '보리'는 산스크리트어로 '보디'인데 불교가 중국으로 전래되면서 '菩提보리'로 음역되었다고 한다. 또 '보살菩薩'은 산스크리트어로 '보디 삿드바'라고 하는데, 이는 '깨달으려고 하는 사람'이라는 뜻이라 한다. '보살 마하살'이라는 호칭은 '보살'이 '깨달으려고 하는 사람'이고 '마하살'은 '위대한 사람'으로서 합치면 '깨달으려고 하는 사람, 위대한 사람'이 된다는 것이다.

보리, 보리심, 보살, 보살님, 참으로 귀하고 값진 이름이 아닐

수 없다. 생로병사의 굴레에서 단 하루도 벗어나지 못하는 인간
이 '보리'를 얻는 순간 무한한 우주공간에서 생사를 초월한 부처
가 된다고 생각하니, 보리는 참으로 인간을 해방시키는 '사유의
귀재'인 것이다.

그런데 이 세속인이 그 진귀한 '보리'를 얻기는 정말 힘이 든다.
어찌 보면 아주 쉽게 얻을 수 있을 것 같은 '보리'. 그 보리는 나
에게 가까이 왔다가도, 왜 그렇게 빨리 사라지는지, 참으로 알다
가도 모를 일이다. 사람의 마음은 도깨비 같은 그 무엇인가 보다.
번뇌 망상은 날마다 나의 뇌리를 점령한다. 돈 걱정, 아이들 걱
정, 직장 걱정, 노후 걱정이 떠나질 않는다. 불가에서는 "다 놓아
버려라"하나 쉽게 놓아지지 않는 것이 이러한 걱정들이다. 그래
놓아야지, 잊어야지, 하면서도 또 언제 그랬냐는 듯 아이들 생각,
아내생각, 노후생각이 들어와 앉는다.

그래서 오늘 '보리'라는 귀한 주제를 생각하고 '보리'에 대해서
글쓰기를 시도하며 '보리'를 얻어 볼까 하는 것이다. 불교 공부를
하기 전에는 보리하면 우선 보리밭이 떠오르고 보리쌀, 보리밥,
'보리똥'나무가 떠올랐다. 보리는 늦가을에 파종하여 싹이 터 가
냘픈 잎을 드러낸 상태에서 추운 겨울을 난다. 봄에는 사람들이
보리밭을 밟아준다. 얼어서 부푼 땅을 밟아 주어야 보리가 뿌리
를 내리고 잘 자랄 수 있기 때문이다. 1960년대 가난한 시절에는

보리쌀이 있어 여름에 먹고살 수 있었다. 가을 추수 이후 보리가 익을 때까지 식량이 부족한 어려운 상황을 '보릿고개'라고 했다. 보리똥은 표준말이 아닌지 컴퓨터에 빨간 밑줄이 그어지나 우리가 어릴 때 따먹던 팥알 만 하고 볼그레 몰랑한 나무열매다. 보리밥도 먹고 보리 똥도 먹고…… 중학생이 되니 우리가곡 '보리밭' 노래도 배우고 아무 걱정 없이 천진난만하던 그때가 '보리심'이 있던 시절이었던 것 같다.

식물학적인 면에서 보면 보리수와 보리는 판이하게 다르다. 보리수는 활엽수이고, 보리는 풀이다. 그러나 공교롭게도 우리말 발음이 똑같다. "어, 이거 무슨 인연이라도 있는 것 아닌가?" 억지로 생각을 전개해 보니 보리는 보통 식물이 아니라는 것을 들춰낼 수 있었다. 보리는 인내의 상징이다. 추운 겨울, 얼어붙은 땅에서도 동사凍死하지 않고 늘 새롭게 깨어나는 보리, 겨울 동안 대단한 인내의 내공을 쌓는 보리, 그래서 봄이 되면 무성하게 자라고 열매 맺어 우리에게 '일용할 양식'을 주는 보리, 마지막까지 몸통을 땔감으로 봉사하는 보리, 이것이 깨달음의 실천이 아니고 무엇인가?

보리수와 보리는 그래서 '깨달음'이라는 인연으로 연결되어 있다는 나대로의 결론을 내렸다. 우리가 보리밥 먹고 자랄 때는 부처님 마음에 가까웠는데. 이제 먹고 살만하고 아파트도 있고, 세속의 학문도 제법 했는데 지금 난 왜 깨닫지 못하는가? 이글을 쓰며 크게 참회한다. 그리고 내일부터는 보리밥을 좀 해먹어 볼까 생각한다. 고향에 지금도 보리농사를 많이 하는 일가친척이 있다는데 금년여름에는 아예 한가마 사다 놓고 보리의 인내심을 생각하며 심신의 내공을 쌓아가야겠다. 그러다 보면 보리심의 경지로 서서히 다가갈 수 있지 않을까? 그러나 한 가지 주의할 사항이 있다. "가스조절. ㅎㅎㅎ."

불심의 '르네상스'

2008년의 석가탄신일이 왔다. 지금으로부터 2500여년 전에 열반한 인간, 고타마 싯다르타. 불자들이 익히 아는 바와 같이 석존께서 처음부터 위대한 부처가 된 것은 아니다. 인간으로서의 영화, 고뇌, 번민, 고행 등 온갖 경험을 통하여 어느 순간 우주의 큰 깨달음을 얻으셨다. 이러한 역사적 사실은 우리들에게도 무한한 가능성과 희망을 준다. 우리 역시 인간으로 태어났기에 석존처럼 깨달을 가능성을 지니고 있기 때문이다. 따라서 누구든지 부처님의 가르침을 배우고, 믿고, 따르고, 실천하면 부처의 경지에 도달 할 수 있는 것이다.

그런데 '우리도 부처님처럼' 인간으로 태어났다고 하지만, 부처님의 법을 깨닫고 실천하는 것은 참으로 어렵다. 불법佛法을 이해하고 깨우치기도 어려운데다가 이를 평생 실천하기는 더욱 어려운 일이다. 특히 물신주의物神主義가 지배하는 현대사회에서는 부처님의 말씀이 일반 대중에게는 '쇠귀에 경 읽기' 정도로 마이동풍馬耳東風되기 일쑤이다. 젊은 학생들에게 불경 운운하다가는 웬 '자다가 봉창 두드리는 소리'냐고 여기기 십상인 것 같다. 불교의 경전이 어려운데다가, 한문투성이요, 한글 경전이라 하더라도 현대 말에 잘 맞지 않아 고루한 표현이 많다. 또한 불교의식도 근본교리와는 잘 맞지 않아서 할머니, 아주머니들이 '자손 출세하게 해달라고', '돈 많이 벌게 해달라고', '조상님들 좋은 곳에 가게 해달라고' 소원 비는 기복신앙으로 비쳐지는 측면도 불교의 이해에 오해를 준다.

엊그제 고창 선운사에 갔을 때였다. 책을 좋아하는 사람들 20여 명이 함께 갔는데, 일행 가운데는 불자도 있고, 다른 종교인, 그리고 종교가 없는 회원도 있었다. 20대, 30대, 40대, 50대가 섞여 있었다. 절에 갔으므로 필자는 불자로서 자연스럽게 법당에 들어가 성의껏 공양하고 절을 올렸다. "저희도 부처님처럼 탐, 진, 치가 없는 큰마음으로 자비롭게 극락에 이르게 하소서." 내 모습을 보고 있던 20대 친구가 카메라의 줌을 당겼다. 법당을 나와 그 젊은이와 대화를 나누었다. 내가 먼저 말을 걸었다. 불교와

절에 대하여 호감이 가는지, 불교를 공부하고 싶은 생각이 있는
지를 물어 보았다. 그런데 사진을 찍을 때는 불교에 관심이 있는
것 같던 그 젊은이의 대답은 딴판이었다.

"불교요? 별로 관심 없어요. 우상숭배라고도 하잖아요? 아, 그
거 하나는 알아요. 아제아제 바라아제 바라승아제."
"그 말이 무슨 뜻인지 아세요?"
"아니요."

"그럼 그 말도 아시는 게 아니네요. 내가 좀 경험해 보니 불교
는 나 자신을 만들어 가는 종교인 것 같아요. 우상숭배라고들 하
는데 나는 그렇게 보지 않아요. 깨달으신 불보살들의 모습을 상
징적으로 나타내어 깨달음을 이루어 가도록 돕는 불교의 '교육미디
어'라고 할 수 있지요. 반야심경의 '아제아제 바라아제 바라승아제'
는 '가세가세 건너가세 저 피안 진리의 세계로' 정도의 뜻이지요."

"네. 그런데 저는 별로 필요성을 못 느끼겠어요. 젊어서 그런지."

"네, 그렇군요. 나이가 더 들면 아마 절실하게 다가올지도 모르지요."

더 이상 할 말이 없었다. 자꾸 이야기를 하면 귀찮아 할 것 같
았다.

나는 사찰 경내를 돌며 약수도 마시고, 예쁘게 핀 동백꽃, 산수유도 카메라에 담았다. 이렇게 맑은 물처럼, 저렇게 예쁜 꽃처럼 내 마음을 가꾸며 불교공부도, 전공공부도 열심히 하면서 살아가려면 어떻게 하면 좋을지를 생각해 보았다. 그 많은 경전들을, 그것도 한문경전들을 어떻게 다 읽어낼 수 있을까? 절에 가서 법문을 듣지만 법문은 대부분 어떤 경전을 중심으로 하는 경우가 드물며, 여기저기서 한두 구절 가져와 한 시간 말씀하면 끝나는 경우가 대부분이니……

그래도 절에 다녀야 법문이라도 듣지 다른 방법이 없다. 그리고 스스로 쉬운 경전부터 차근차근 읽고, 쓰는 것이 가장 상책일 것 같았다. 불교대학을 다니지 않아도, 경전을 읽고, 쓰고, 또 더욱 중요한 것은 배운 바를 실천해야 하겠다는 생각을 했다. 젊은 이들에게도 일반인들에게도, 타 종교인들에게도 불교가 기복신앙이나 우상숭배로 비쳐지지 않고 진실한 삶의 종교로 다가가기 위해서는 스님들이나 재가불자들이나 부처님 가르침의 한 부분이라도 참으로 실천하는 것이 더욱 중요하다는 생각을 했다. 그렇게 하기 위해서는 항상 새로운 마음의 탄생naissance이 필요하다고 생각된다. 해마다 부처님 오신날 부처님의 정신이 다가오는 것처럼 모든 불자들의 마음과 내 마음에 항상 불심의 르네상스renaissance가 피어나기를 염원한다.

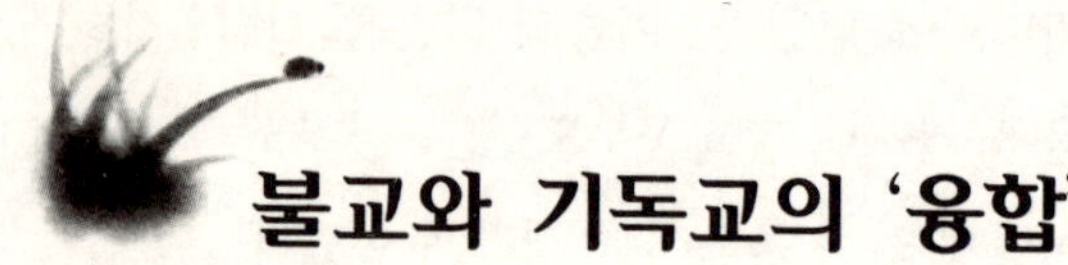

불교와 기독교의 '융합'

필자는 이런 저런 기회로 절에도 가보고, 교회도 가보고, 성당에도 가 보았다. 그런데 줏대가 없어서 그런지는 몰라도 나름대로는 다 좋은 것 같았다. 절은 그윽한 풍경소리와 진지한 염불이 좋고, 교회는 마음을 비운 것같이 저 높은 곳을 향하여 성스럽게 울려 퍼지는 찬송가가 좋고, 성당은 어머니의 품 같은 안온한 느낌이 좋았다.

이렇게 모든 종교를 '좋다'고만 하면 그것은 필자의 피상적인 느낌에 의거한 것이라고 평가하실 분도 있을 것이다. 그러나 그러한 평가를 인정한다 하더라도, 종교란 어느 종교든 인류에게 가장 '으뜸宗'이 되는 '가르침敎'을 주기 때문에 일단은 모두 가치 있고 좋은 것이라고 말할 수 있을 것 같다. 다른 종교를 좋다고 한다고 그것이 피상적 느낌에 지나지 않는다는 평가를 한다면 그 평가 자체가 '피상적'일 수 있다고도 볼 수 있는 것이다.

말이 어렵게 시작되었지만 요는 "종교치고 나쁜 종교는 없다"는 것이다. 종교가 인류의 역사와 함께 시작되었다는 것(토템과 샤만)은 누구나 인정할 것이다. 그러나 지역적으로 문명발상이 다른 인류는 각기 자기들의 본질과 근원을 나름대로 달리 생각하게 되어, 의지하고 숭배하는 대상과 방법도 다를 수밖에 없었던 것이다. 바로 그러한 차이가 오늘날까지 종교 차이가 지속되고 있는 원인이라고 생각된다. 그런데 문제는 종교의 차이 그 자체에 있는 것이 아니라 종교인들의 행동에 있다. 종교인들이 해당 종교의 근본교리대로 행동한다면 문제가 없을 것이다. 그러나 근본교리를 실천하지 않으면서 다른 종교인을 깔보고 배척하는 태도가 문제인 것이다.

필자는 성장환경이 불교적이었고, 또 지금 절에 다니고 있으므로 다시 절로 돌아와 불자의 입장에서 생각해본다. 불교인이건 기독인이건 모든 편견을 떨쳐버리고 정말 순수한 마음에서 출발하면 단언하건대 인간은 모두 다 똑 같은 것이다. 이러한 똑 같은 인간이 종교가 다르다고 해서 반목할 필요는 없는 것이다. 얼마 전 한 일요법회에서 종교 자유에 대한 전문가의 '열강'이 있었다.

'종교의 자유'는 민주국가에서 당연히 보장되어야 하고 그러한 측면에서 불교인이 적극적으로 나서서 종교의 자유를 쟁취하자는 요지였다.

그러나 기독교 재단 학교에 입학한 학생이 불교를 고집하고, 불교재단 학교에 입학한 학생이 기독교를 고집하는 것은 다시 생각해 보아야 할 문제라고 본다. 평준화정책상 학교선택의 여지가 없다 하더라도 일단은 학교의 방침대로 그 종교를 좀 알고, 졸업 후에는 본인의 종교로 가면 되는 것 아닌가. 오히려 학교에서 타 종교의 체험 기회를 통해서 사유의 폭을 넓힐 수 있는 좋은 계기기 될 수 있는 것이다. 바이블은 동서고금을 막론하고 최고의 책으로 인정되어 왔다. 성경을 접해 읽어볼 수 있다면 그렇지 않은 경우보다 지혜의 폭은 넓어질 수 있는 것이다. 그 반대의 경우 또한 같다.

불교는 전쟁이 없는 종교임을 강조해 왔다. 따라서 불교는 다른 종교와 대립각을 세울 필요가 없다. 타 종교를 인정하면서 불교를 가꾸고 화합하는 것이 불교의 근본정신이다. 화상和尙이 왜 화상인가. '화합하는 스님'이 화상이다. 요즘은 아이들이 말을 안 들을 때 엄마들이 "야 이 화상아" 하고 흔히 애교 섞인 질책의 호칭으로 사용하고 있지만 '화상'은 화합하는 스승님인 것이다(예; 대구화상). 아이들이 정말 '화상'이면 얼마나 좋겠는가? 불교든 기독교든 이슬람교든 다 포용하고 화합하는 종교를 이루어야 한다. 그래야만 다른 종교보다 더 크고 평화로운 '화합의 종교'가 될 수 있다.

가장 이상적인 것은 모든 종교인이 자기 종교의 근본교리에 입각하여 진실된 행동을 하는 것이다. 그럴 경우 불교인과 기독교인이 의기투합하여 일요일에는 전부 교회에 가서 예수의 사랑을 배우고, 초하루 보름에는 절에 와서 석가모니의 자비를 얻는 그런 종교화합도 시도할 수 있을 것이다. "아멘!"과 "오마니 반메훔!"이 함께 융합하는 날 '세계일화世界一和'는 이루어질 수 있지 않을까? '똘아이' 같은 발상이라고 치부하실지 모르겠다. 그러나 세상을 바꾸는 힘은 '똘아이' 같은 아이디어에서도 나올 수 있다는 미련을 떨쳐버릴 수 없다.

불자의 경전 공부

어느 종교건 경전이 있다. 경전經典은 문자 그대로 기본 틀經이 되는 책典이다. 경전 속에는 그 종교가 지향하는 기본정신이 담겨 있다. 성경은 예수의 가르침, 불경은 부처님의 가르침, 유교경전은 공자의 가르침이 고스란히 담겨 있는 것이다. 따라서 경전을 공부하는 것은 종교인으로서 가장 기본적이고도 필수적인 수행이다. 기독교인은 날마다 성경을 옆에 두고 읽는다. 불교인은 천수경, 반야심경 등을 독송하며 기도를 드린다. 기도는 곧 경전을 독송하고 경전의 가르침대로 살겠다는 마음다짐이다.

불교는 다른 종교에 비하여 경전이 많다. 기독교 경전에는 구약과 신약이 있다. 이슬람에는 코란이 있고, 동학에는 동경대전이 있다. 그러나 불교에는 대장경이 8만이나 존재한다. 다른 종교의 경전은 한두 권으로 단출하고 국역도 잘 되어 있어 신도들이 독송하기가 비교적 쉽다. 그러나 불교의 경전은 분량이 많을 뿐 아니라 국역도 쉽게 되어있지 않아 읽고 이해하기가 어렵다. 예불에 참여하는 많은 불자들은 천수경, 반야심경 등을 스님을 따라 독송하며 열심히 절을 올리지만 그 정확한 의미를 마음에 새기고 기도하는지는 의문이다. 예를 들어 천수경은 언제 어디서부터 유래했고, 그 진정한 의미가 무엇인지, '나무군다리보살'은 어떤 보살님인지, '수리수리 마하수리'는 무슨 뜻인지를 알고 독송하는지 궁금하다.

필자의 이러한 의문은 다른 불자들의 경전독해 수준을 의심한 데서 나온 것이라기보다는 필자 자신의 체험에서 나온 것이다. 다른 불자님들은 반야심경이나 천수경을 책을 안보고도 술술 외우는데 필자는 아무리 절에 가서 예불에 참여해도 천수경과 반야심경을 외우지 못할 뿐 아니라 책을 보지 않고 건성으로 따라만 해가지고는 '정구업지난 수리수리 마하수리 수수리 사바하 오방내의 아니제신지넌 나무사만다 못다나 옴 도로도로 지미사바하'로 발음하게 되어 뜻도 모르고 흥얼거리는 꼴이었다. 정구업진언을 '정구업지난'으로, 오방내외 안위제신진언을 '오방내의 아니제신지넌'으로 읽었으니 그야말로 '쇠귀에 경 읽기'였던 것이다.

무릇 무슨 공부를 하든 그 뜻을 먼저 파악하는 것은 기본중의 기본이다. 공부란 그 대상의 뜻을 파악하고 정과 오를 판단하여 진리에 이르는 과정이라 할 수 있다. 이는 종교 공부든 세속의 공부든 마찬가지일 것이다. 공부는 어려서부터 말과 글을 배움으로써 그 단초가 열린다. 또한 공부는 교육을 통하여 그 성취속도를 더할 수 있다. 교육은 언어를 도구로 하여 우리 인간과 자연의 진선미를 찾아 진리대로, 착하고, 아름답게 살 수 있도록 가르치고 기르는 활동이다. 결국 "공부는 언어를 도구로 하여 진정한 삶의 의미를 파악하고 올바른 것을 믿고 실천하는 자기교육의 과정"이라고 정의할 수 있을 것이다.

그렇다면 불자들의 불교 공부는 경전 공부로부터 시작되어야 마땅하다. 경전에 담긴 부처님 가르침의 진정한 의미를 이해하고 마음에 새겨 실천에 옮겨야 하기 때문이다. 그런데 앞서 필자의 예처럼 불자들은 경전을 잘 공부하지 않고, 그냥 의미도 모른 채 염불을 따라 하거나, '관세음보살' '나무아미타불' '지장보살' '약사여래불'만 계속 반복해서 염불한다. 물론 이렇게 염불만하는 것도 번뇌 망상을 없애고 불보살님의 정신으로 귀의하는 데는 큰 도움이 될 것이다. 그러나 뜻을 모른 채 염불만 해 가지고는 불교를 진정으로 이해하기 어렵고 따라서 불교를 포교하기도 어려운 것이다. 포교란 가르침을 널리 전하는 일인데 경전을 좀 알아야 가

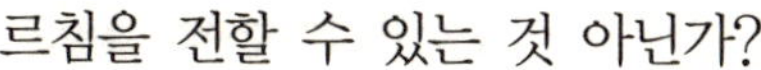

르침을 전할 수 있는 것 아닌가?

그래서 불제자들은 경전공부에 좀 더 심혈을 기울여야 한다고 본다. 경전공부는 어렵다고들 한다. 우선 분량이 많고 漢字나 산스크리트어, 팔리어로 되어 있고, 한글 번역본도 쉽게 다가오지 않는다. 그렇지만 불자들이 경전을 공부하지 않는다면 누가 불경을 공부할 것인가? 필자도 지금까지는 경전을 제대로 공부하지 않았지만 이제부터라도 천수경과 반야심경부터 착실히 공부해야겠다. 우선 반야심경과 천수경을 한자 한자 정성껏 써 볼 생각이다. 한문 경전을 공책에 쓰고, 한글 해석을 대조하여 의미해석이 잘 되었는지도 차근차근 검토해 볼 생각이다. 옛날 고려시대에는 寫經이 성행했다고 한다. 경전을 베껴 쓰는 일은 그 자체가 공부이다. 자꾸 쓰면 문리가 터지고, 현대적 우리말로, 또는 영어로도 해석할 수 있을 것이니 불교의 포교능력도 향상될 것이다.

나아가 불교계에 제안을 드리고 싶은데, 불교대학이나 불교방송에서도 경전을 가르치는 데 좀 더 노력해야 한다고 본다. 불교대학들에서는 교육과정curriculum 속에서 불교의 교과서text인 경전을 강학 세미나의 중심에 놓아야 한다고 본다. 불교방송에서도 잡다한 음악 방송 프로그램을 줄이고 '불교방송대학'을 열어 기초경전부터 쉽게 가르치는 프로그램을 늘리는 것이 바람직하다고 생각한다. 나아가 사찰 특히 불교대학이 있는 사찰에는 불교도서관Buddhism Library을 두고, 학자사서를 임명하여 불자들이 불교공부를 제대로 할 수 있는 불교교육 환경을 만들어 주셨으면 좋겠다.

오감 경영

　사람에게는 우주환경에 적응하며 살아가는 데 필수적인 감각기관이 있다. 불가佛家에서는 이를 안眼 이耳 비鼻 설舌 신身이라고 요약하여 부른다. 그리고 이런 감가기관에 의해 인간의 모든 욕심이 일어난다고 해서 오욕 또는 오욕락이라고 표현한다. 다 아는 이야기다. 그러나 불가에서 말하는 것처럼 오감이 욕심의 근원만 되는 것은 아닌 것 같아 글을 쓰려고 대들어 본다. 우리의 오감을 잘 음미해 보면 하나하나가 '보배'이기도 하고 '욕심'의 근원이기도 한 양면성을 지닌다는 것을 알 수 있다.

　첫 째로, 눈을 본다. 눈은 인간 최고의 보배이다. 눈을 뜨면 세상과 만난다. 광명의 빛을 본다. 하늘을 보고 땅을 본다. 부모를 보고 형제자매를 본다. 스승을 보고 제자를 본다. 애인을 보고 아가를 본다. 글을 보고, 읽고, 쓰고, 인류문명을 창조한다. 너무 작아서 볼 수 없는 것은 현미경으로 보고, 멀리 있어 볼 수 없는 것은 망원경으로 본다. 눈이 없으면 문명을 보기가 어렵다.

둘째는 귀를 본다. 사방에서 일어나는 좋은 소리, 나쁜 소리, 위험한 소리를 감지할 수 있다. 칭찬을 하는지 욕을 하는지, 폭발이 나는지, 총소리가 나는지를 금방 알 수 있다. 강의를 듣고, 음악을 듣고, 라디오를 듣고, 종소리를 듣고, 부처님의 말씀과 하나님의 말씀을 듣는다. 귀가 없으면 문명을 듣기 어렵다.

셋째, 코를 본다. 코는 얼굴의 가운데 있는 '중봉中峰'이다. 그래서 코는 인물의 포인트이다. 코가 잘생기면 대체로 인물이 좋은 것이다. 원숭이의 코와 사람의 코를 비교하면 잘생긴 편이 누군지를 잘 알 수 있다. 코는 이렇게 미관을 결정하지만 감각 면에서 냄새를 판단하는 주요 기능이 있다. 향기로운 냄새, 구수한 밥 냄새, 청국장 냄새, 그리고 가스냄새, 똥냄새에 이르기까지 코가 제 기능을 함으로 해서 인간다운 체취를 풍기고 산다.

넷째, 혀를 본다. 혀는 입안에 있지만 입안에서 핵심 기능을 한다. 입안에는 이빨도 있어 음식물을 분쇄하거나 발음을 새지 않게 한다. 그러나 혀는 '맛 기능'과 '말 기능'의 두 가지 기능을 더욱 완벽하게 하기 때문에 중요하다. 음식물을 받아들여 맛을 검토하여 씹어 넘길 것인가 말 것인가를 판별한다. 음식을 먹은 후에는 이빨의 구석구석을 훑어 청소까지 해준다. 혀가 있어 말의 발음도 완벽히할 수 있다. 우리말 발음을 할 때는 혀를 펴고 영어를 할 때는 혀를 굴린다. 그래서 혀는 잘만 쓰면 말을 '멋있고' '맛있게' 할 수 있다.

다섯째는 신身인데 이는 촉각을 의미한다. 우리 몸의 피부에는 다 감각이 있다. 춥고, 덥고, 시원하고, 선선하고, 딱딱하고, 물렁하고, 껄끄럽고, 보드랍고. 이러한 감각은 대개 피부접촉을 통해 판단한다. 손, 발, 팔, 다리, 머리, 목, 가슴, 배, 어디 하나 감각이 없는 곳이 없다. 사랑의 감정도, 2세의 탄생도 촉각을 통해서 촉진, 성취된다. 촉각이 없으면 오체가 마비되어 삶을 살아갈 수 없다.

이렇게 보니 우리의 오감이 얼마나 우리를 건강하고 즐겁게 살 수 있게 하는지를 다시 한 번 피부로 느낄 수 있다. 어느 것 하나라도 고장이 나면 장애가 와서 인간다운 삶을 살기 어렵다.

이제 아까 검토를 보류한 또 하나의 측면, 즉 오감은 욕심의 근원이라는 불가의 깨달음을 살펴볼 차례다.

첫째는 눈이다. 눈으로는 자연적으로 눈에 들어오는 것만 보는 것이 아니라 좋은 것만 보려 한다. 아기가 처음 태어났을 때는 맑은 눈으로 뭐든 신기하게 보고 방긋거리지만, 성장하고 어른이 되면 좋은 것, 아름다운 것, 값나가는 것을 보기를 좋아하며, 보는 것으로 끝나지 않고 자기 것으로 만들려한다. 꽃을 꺾어 집으로 가져오고, 집안에 화분을 들여 놓고, 값나가는 미술작품을 사고, 아름다운 여인을 탐하고…… 눈과 마음이 합작하여 욕심을 만들어내다가 오히려 혜안慧眼을 잃는다.

둘째는 귀다. 귀는 온갖 소리를 다 듣지만 좋은 소리만 들으려 하다가는 귀가 막힐 수 있다. '바른말이 귀에 거슬릴' 수 있는 것이다. 부모님의 말씀을 '마이동풍馬耳東風'하기 쉽고, 스승님의 가르침도 한귀로 듣고 한 귀로 흘리기 쉽다. 아내의 말을 잘 듣지 않으면 가정이 분리되기도 한다. 젊은이들이 음악을 듣고 개그를 듣는 것은 나쁘지 않겠으나 너무 그런 것만 듣다보면 지식과 지혜의 소리를 듣지 못한다. 귀에도 좋은 마음을 갖다 붙여야 진실의 소리를 들을 수 있다. 자연의 소리, 철학자의 소리, 베토벤의 소리를.(베토벤이 나중에 귀가 먼 것은 음악을 너무 들어서라기보다는 다른 의학적 요인이 있을 것이다. 왜냐하면 그는 지혜를 들을 수 있었던 악성樂聖이기 때문이다.)

셋째는 코다. 코는 인물을 결정하므로 코가 마음에 안 들면 메스를 가해서라도 고쳐보려 한다. 콧날을 세우다가 '선풍기 여인'이 되기도 한다. 또한 코로는 좋은 냄새만 맡으려한다. 냄새가 좋지 않은 것은 무엇이든 배척당한다. 물론 이것이 나쁜 욕심이라고 볼 수는 없다. 기왕이면 똥냄새보다는 향기로운 냄새가 좋다. 부처님께도 향공양을 하지 않는가? 문제는 좋은 냄새만을 좋아하다가는 청소부도 없고, 똥 치우는 사람도 없고, 분뇨糞尿 과학자도 없어진다. 좋은 냄새만 맡으려하면 나쁜 냄새를 퇴치하는 봉사와 연구를 못하게 된다.

넷째는 혀다. 혀는 다목적 기능이 있다는 것을 위에서 언급하였다. 이러한 다목적기능을 잘 쓰면 보배라는 점도 이야기 했다. 그러나 혀의 기능을 잘 못쓰면 낭패를 보기 쉽다. 맛에는 쓴 맛도 있기에, 쓴 음식은 혀가 배척한다. "약은 입에 쓰고, 바른 말은 귀에 거슬린다'는 옛말이 있듯이 약은 써도 먹어야 한다. 요즘은 약도 달게 만들지만…… 또한 한 치의 혀로 내 뱉는 말이 상대방에 상처를 주기도 한다. 혀가 본인의 욕심을 위해 나쁜 말을 할 때 바로 구업口業을 짓는 것이다.

마지막으로 신身이다. 신은 촉각으로 대표되지만 어찌 보면 종합적이다. 인간 오체를 가지고 활동하고 다니면서 가는 곳마다 좋은 일을 하고 다니면 좋으련만, 그렇지 못한 경우가 있어 문제다. 너무 말초 신경적 쾌락을 찾다가 예술이라는 미명하에 '관능의 문학'을 만드는 사람이 있다. 포르노물이 온라인에 유행하기도 한다. 물론 인간인 이상 자연에서 받은 기본적 욕구를 단절할 수 없고, 단절해서도 안 될 것이다. 그러나 지나치면 자연의 도를 넘어 인간성을 상실한다는 데 문제가 있다.

오감의 양면성을 분석하느라 좀 길어졌다. 오감五感은 저마다 좋은 점 그렇지 않은 점을 다 가지고 있기에 이를 잘 경영하는 것은 개체 인간 스스로의 문제로 귀속된다. 오감의 경영을 잘하는 인간은 수도修道가 잘 되어 있는 사람이다. 오감의 보배로운 측면만 살리고 유해한 측면은 잘 통제할 수 있는 사람이다. 그런 사람은 감각을 감각으로만 사용하는 것이 아니라 감각을 중심 잡아주는 지혜로운 마음을 동시에 활발하게 작동시키는 것이다. 눈은 '혜안慧眼', 귀는 '혜이慧耳', 코는 '혜비慧鼻', 혀는 '혜설慧舌', 몸은 '혜신慧身'으로 변환시켜 조정할 수 있는 인간 경영의 달인인 것이다.

돈과 종교

　지금 세상에 가장 좋은 게 무엇이냐고 묻는다면 누구나 '돈'이라고 대답할 것 같다. 표면적으로는 '행복', '사랑', '평화' 등으로 말하는 분이 있을지 몰라도 실질적으로는 다 '돈'으로 귀결 될 것 같다. 왜냐하면 돈이 있어야 행복도, 사랑도, 평화도 잘 이루어낼 수 있기 때문이다. 모르긴 몰라도 오늘날엔 아무리 '성인군자'라 할지라도 돈 앞에서는 자유롭지 못할 것 같다.

　돈을 좋아하고, 돈을 벌려고 전력을 다하는 것은 어른이건 아이건, 늙은이건 젊은이건 다 마찬가지인 것 같다. 필자는 몇 해 전에 직장에 같이 근무하는 직원의 어린 아들이 아빠를 따라 왔기에, 귀여워서 1만 원 권 '배춧잎' 한 장을 주었다. 그랬더니 절을 꾸벅하면서 "고맙습니다."하고 큰소리로 인사를 했다. 기분이 좋았다. 그런데 또 얼마 후 그 녀석이 아빠를 따라 사무실에 왔다. 그리고 나를 보더니 얼른 달려와서 큰소리로 인사를 했다. 그 자리에 다른 직원들도 여럿이 있었는데 나에게만 달려와 인사를 하는 것이었다. "참 기특하기도," 나는 주머니에 손이 들어가다가 문득 멈추었다. "아하, 요 녀석이 돈맛을 아는구나. 돈 때문에 인사를 한다면 돈을 안주면 인사를 안 할 것 아닌가. 만날 때 마다 돈을 줄게 아니라 가끔 주어야지." 생각하고 돈을 주지 않았다. 그런데 또 다음에 그 녀석을 만났다. 그랬더니 전에 그 반가웠던 표정은 머쓱한 표정으로 바뀌고 필자에게 다가오지도 않았다.

어린 아이의 태도이지만 필자는 이 에피소드를 경험하고, 인간은 모두 저 어린아이처럼 돈을 좋아하고, 돈이 아니면 인간관계가 잘 이루어지지 못하고, 돈벌이가 되지 않는 일은 아무리 필요하고 가치 있는 일이라도 적극 나서지 않는다는 것을 더욱 실감하게 되었다. 그리고 이러한 에피소드를 필자 자신에게 대입해 보았다. 솔직히 필자도 역시 마찬가지인 것 같았다. 인간은 물질이 있어야 의식주를 영위하기에 물질이 중요하고, 돈은 모든 좋은 물질을, 나아가 인간의 마음까지도 사로잡을 수 있는 도구이기에 더욱 중요한 것이라는 것을 다시 한 번 뼈저리게 느껴보았다.

그렇다면 종교인들은 어떤가? 물질과 돈에 자유로울까? 종교인들은 세속인과는 분명 다르고 또 달라야 할 것이다. 물질과 돈에 초연하면서 스스로의 종교적 이상을 성취하고, 종교의 가르침을 수행하고, 저 피안을 건너는 행복을 얻고, 모든 중생들을 그러한 행복의 길로 안내하는 성직자들이기 때문이다. 물론 종교인이라고 해서 의식주를 전폐하고 교리에만 전념 수행하여 고행만을 해야 된다는 주문은 불합리하다. 종교인도 인간인 이상 먹고 살아야 하기 때문이다. 다만 종교인은 돈과는 좀 초연하게 대중의 정신적인 지주로서 스스로가 선택한 종교적 의무와 책임을 다해야 할 것이다.

필자는 세속인으로서 본격적인 신앙생활을 하지는 못해왔으나 나이가 들어감에 따라 여러 가지 세속적 경험, 그리고 종교인들의 모습들을 보아오면서 문득문득 돈과 종교의 관련성을 생각하게 되었다. 절이나 교회에 가 보면 오늘날 우리나라 경제사정이 어렵다고 해도 한국 종교는 물질적으로 매우 번창하고 있다는 것을 느낄 수 있다. 어마어마한 돈이 투입되었을 웅장한 건물들, 무슨 헌금, 무슨 불사 등 이름을 붙여서 대중의 돈을 '수금'하고 있는 종교사원들을 많이 볼 수 있다. 또한 종교인들의 생활도 어떤 면에서는 심한 '인플레이션'이 일어나고 있는 것 같다. 어떤 법회에서 한 스님은 스님들의 법복이 좋은 것은 한 벌에 200만 원이라고 하시면서 한국 불교의 '사치'를 개탄하셨다. 또 많은 사람들은 큰 사찰이나 교회 등에서 스님들과 목사님들의 승용차는 매우 고급이라고들 말하면서 종교인들의 사치와 물질적 안락을 개탄하고 있다. 거대한 석조 건물들의 웅장한 사원들, 중생들이 걸어서 오르내리는 산길에서 검은색 고급 승용차를 몰고 올라가는 스님들의 모습, 누가 세속인이고 누가 종교인인가를 의심하게 하는 모습들이 자주 눈에 띈다는 것이다.

종교도 과학기술사회에 발맞추어 현대화되는 것은 당연하고 본다. 그러나 종교 현대화는 각기 그 종교의 본질적 가르침에 어긋나지 않아야 한다고 생각한다. 교회나 사찰에서 모여진 돈은 교회, 사찰의 기본적인 경비와 대중을 위한 사업 등에 보람 있게 사용되어야 한다. 지나친 불사나 사업 확장으로 종교가 '기업'처럼 세속화 되는 일은 없어야 한다. 수능이나 고시합격, 부귀영화 등 대중을 '기복'으로 이끌어, 본래의 교리를 훼손하는 일도 좀 줄였으면 한다. 기복의 요소를 완전 배제할 수 없다고 해도 공양을 한 신도들만 생년과 이름 주소 등을 빨리빨리 형식적으로 불러 축원하는 일, 또 그렇게 하지 않으면 기분 상해하는 신도들, 이러한 현상은 불교의 본질이 아닌 것만 같다. 이는 마치 돈을 주면 인사를 잘하고 돈을 안주면 인사를 안 하는 아까 그 어린아이와 하나도 다를 바 없는 것이다.

　필자가 불교를 깊이 공부하지 않아서 잘은 모르지만 불교는 '무소유'의 실천을 통해 모든 중생에 행복을 나누어 주는 원대한 자비와 평등의 종교이며, 그렇다면 공양을 한 사람들을 위해서만 복을 축원하기 보다는 모든 중생, 모든 수험생들의 합격과 부귀영화를 빌어주는 것이 불교의 근본정신이 아닐지? 신도들도 내 자식보다는 모든 젊은이들을, 나의 남편과 아내보다도 모든 대중들을 위해 복을 빌고, 세계 평화를 빈다면 그 마음이 기특해서 오히려 더 많은 행복을 '증득'할 수 있지 않을까 싶다.

불상을 생각하다

　불상을 두고 '우상'이라고 하는 소리를 많이 들어왔다. "우상 숭배", "왜 돌한테 절하나" 등. 불자가 아닌 사람들 가운데는 절에서 혹은 마애삼존불 앞에서 절하는 불자들을 보고 의아해 한다. 필자도 청소년 시절에는 그러한 생각에 동의하고 있었다. '하늘 천 따지'식의 옛날식 교육에서 벗어나 현대적 공부를 한다고 생각하고, 현대 학문이 가장 합리적인 것이라고 생각하고, 서양의 학문이 세계를 지배한다고 생각한 것이다. 아마 당시 학생 누구나 같은 생각을 했을 것이다. 이는 구한말과 개화기에 서양의 종교가 전파되고, 물질적 사회적 생활양식이 급속하게 서구화하는 과정 속에서 변용된 우리사회의 모습이라고 생각된다.

　그런데 지천명의 나이를 지나 그간의 경험을 반추해보니 종교

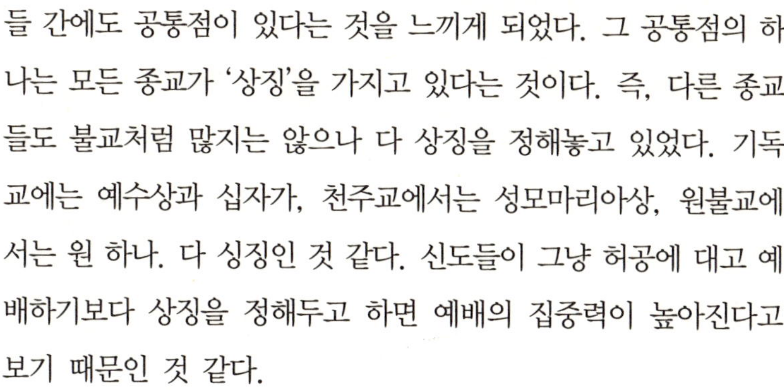

들 간에도 공통점이 있다는 것을 느끼게 되었다. 그 공통점의 하나는 모든 종교가 '상징'을 가지고 있다는 것이다. 즉, 다른 종교들도 불교처럼 많지는 않으나 다 상징을 정해놓고 있었다. 기독교에는 예수상과 십자가, 천주교에서는 성모마리아상, 원불교에서는 원 하나. 다 상징인 것 같다. 신도들이 그냥 허공에 대고 예배하기보다 상징을 정해두고 하면 예배의 집중력이 높아진다고 보기 때문인 것 같다.

불교도 같은 맥락이다. 그러나 불교는 석가모니부처님 뿐 아니라 깨달은 불보살들이 많이 계시고, 이들 모두 숭배의 대상이므로 불단은 많은 불보살 상이 모셔져 있는 것이다. 석가모니부처님 상을 위시하여 관세음보살상, 지장보살상, 문수보살상, 아미타불상, 약사여래불상 등 각각 그 '전문성'에 따라 특색이 있는 불보살을 모셔놓고 염불하게 하는 것이다.

이렇게 볼 때 어느 종교든 상징으로서의 존재는 다 있으며, 이러한 상징은 신도들이 마음을 집중하는 '미디어'로서의 역할을 하는 점에서 공통된다. 가장 비근한 예를 하나 더 들면 돌아가신 어른의 상례나 제사를 지낼 때 영정사진을 모시는 것과 하나도 다를 게 없는 것이다. 그러니 누가 누구를 우상숭배 한다고 말할 성질이 아닌 것 같다.

우리나라는 A.D.372년 불교전래 이후 불상과 불탑, 불경 등 수많은 불사를 일으켜 불교문화를 꽃피워왔다. 불교문화는 한국문화 그 자체였다 해도 과언이 아니다. 조선조의 숭유억불정책으로 위축된 적은 있으나 수많은 고승대덕들이 우리의 정신을 지도하여왔다. 불교는 우리문화와 떼려야 뗄 수 없는 가장 유서 깊은 종교인 것이다.

우리는 우리 문화유산 앞에 겸손해야 한다. 우리문화를 소중하게 여기고 사랑할 줄 알아야 한다. 불교의 정신은 자비정신이다. 불교의 교리는 인간적이며 과학적이다. 인간 뿐 아니라 저 머나먼 영겁의 과거세와 미래세, 그리고 저 아득한 우주공간을 모두 통찰하여 이를 바탕으로 한 점 가냘픈 이 '소우주'들에게 대 열반의 지혜를 깨닫게 해 준다. 불상은 그러한 불교 커리큘럼 속에서 하나의 빛나는 상징이자 매체라고 생각된다.

'인도환생'의 유신론적 상상

어제 화계사에 갔다가 우연히 한 스님의 49제에 참여하게 되었다. 대적광전에 많은 선후배 스님들과 신도들이 모여 불교의 제사의식에 따라 엄숙히 제사를 모셨다. 스님이나 일반인이나 돌아가시면 슬퍼하기는 마찬가지였다. 스님들도 신도들도 슬픔을 억지로 참으며 제사의식을 진행하고 있었다. 필자는 그 돌아가신 스님을 한 번도 뵌 적이 없었지만 그 자리에 앉아있으니 눈물이 턱까지 내려왔다. 법주사 주지스님은 법문에서 '신은 없다'고 하시면서 불교가 매우 인간적 종교임을 강조하셨다. 그러면서도 60도 안 돼 입적하신 스님의 '인도환생'을 기도하셨다.

눈물이 멎으니 의문이 일었다. '신은 없는데 인도환생'이라. 평범한 불자가 듣기에는 다소 모순이 있어 보였다. 상식적으로 인도환생이란 제반 동물이 낡은 육신을 벗고 스스로의 업에 따라 사람으로 태어남을 의미한다. 스스로 지은 업보가 악업이면 온갖 동물로 태어나고, 선업이면 인간으로, 최고의 선업이면 육도윤회를 멈추고 극락세계에 머문다는 것이 지금까지 배워온 불교 상식이다. 따라서 업보의 주체인 신 또는 정신이 있어야만 '인도환생 가설'이 성립된다.

필자가 노스님의 법문 한 구절을 꼬투리 잡으려는 것은 아니다. 다만 인도환생과 눈에 보이지 않는 환생의 주체인 정신과의 관련성을 생각하면서 돌아가신 스님의 명복을 비는 동시에 살아 있는 중생들의 선업 짓기에도 함께 동참하려 하는 것이다. 사실 노스님도 법문을 마무리하시면서 "이 자리에 있는 모든 중생들이 이 제사법회에 참석한 인연공덕으로 모든 일이 다 잘 풀릴 것"이라고 가슴 후련한 말씀도 잊지 않으셨다.

불교의 정신에 따르면 우리들의 정신은 깨달음과 업보에 따라 밝아지고 맑아지거나 어두워지고 탁해진다. 따라서 끊임없는 정진 수행을 통해 선업을 쌓고 깨달음을 얻는 것이 불자의 목표이다. 필자는 아기들의 깨끗하고 해맑은 모습에서 영혼의 깨달음을 느낀다. 아기들의 맑은 미소에는 '보리심'이 가득 담겨 있는 것 같다. 이렇게 깨달은 정신이 육신을 받는데 성장하면서 점점 보리심이 없어지고 성인이 되면 물욕으로 꽉 들이차게 되는 것은 또 무슨 연유일까? 태어날 때의 그 맑은 영혼을 그대로라도 간직할 수 없는 것일까?

매우 풀기 어려운 숙제인 것 같다. 그러나 숙제는 리포트를 해야 성적이 올라가기에 상상력을 동원하여 간단하고 어설픈 리포트를 써본다. "맑은 정신이 육체를 받으면 그때부터는 육체를 훈련시키기 위해 마음 안에 가만히 '주석'하고 있다. 요렇게 조렇게 나부대고, 까불고 돌아다녀도 정신의 주체는 항상 제자리에 있다. 따라서 나태했다가도 열심히 하고, 반성도 하게하고, 이렇게 육신을 훈련시키는 것이다. 이러한 평생학습과 훈련의 과정이 있어야만 다시 선업을 쌓고 좋은 곳으로 갈 수 있는 것이다. 만일 정신의 말을 듣지 않고 육체가 게으름 피거나 악업을 지으면 그 정신도 할 수없이 포기하고 "그래 맘대로 해라. 나는 간다." 하고, 맑은 정신은 떠나고, 악신만 남아 저 무간지옥無間地獄으로 떨어지는 것은 아닐까?" 어디까지나 필자의 상상이다.

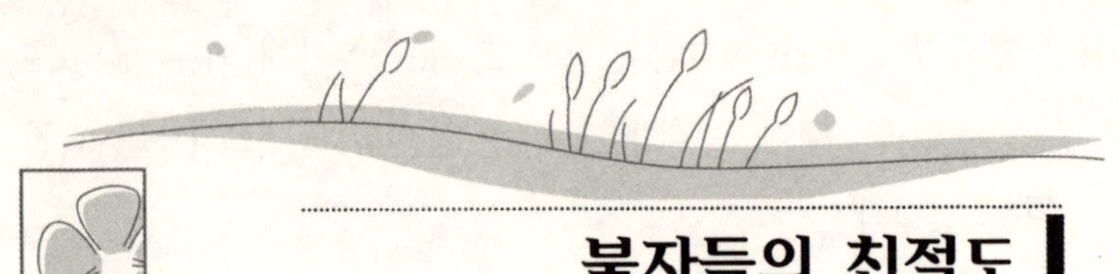

불자들의 친절도

절에 가면 많은 사부대중을 만난다. 그러나 누구를 마주치든 무덤덤하다. 고독한 인생이라 혼자만 왔다가 살며시 혼자만 가려는 건가, 도반들과 도반들, 스님들과 신도들 간 친절하고 밀도 있는 대화는 흔하지 않아 보인다. 스님들은 스님들대로 행사가 끝나면 대중과 멀어지고, 신도들은 저마다 기도 마쳤다 싶으면 점심공양 챙기고 뿔뿔이 내려간다.

우리나라 불교인들은 친절 면에서는 대부분 좀 뒷전에 물러나 있는 것 같다. 만일 여론조사기관에 의뢰하여 불교인의 친절도와 사찰에 대한 신도들의 '고객만족도'를 조사해 보면 어떨까? 모르긴 몰라도 그리 좋은 점수가 나올 것 같지는 않다. 고객만족도가 높다는 다른 사회단체들과 줄을 세운다면 아마 사찰과 불교신도들의 만족도는 교회나 기독교인들 보다 한참 아래에 머무를 것 같다.

하기야 각 단체마다 그 성격과 특성이 달라서 밖으로 드러나는 분위기가 다른 것은 당연한 일이다. 그러나 종교단체도 하나의 엄연한 사회단체이기에 스스로의 사회적 발전을 계속 모색해야 한다. 따라서 다른 단체와 비교해서 어떤 발전 지표를 생각해 보는 것은 스스로의 사회적 역할과 기여도를 높일 수 있는 좋은 단초를 마련할 수 있을 것이다.

어느 사회단체이든 구성원 간의 결속력과 포용력은 그 단체의 발전에 원동력이 된다. 예를 들어 가족관계에서는 가족 간 결속력과 포용력이 있어야만 가정의 화목과 발전을 이룩할 수 있는 것과 같다. 사회적 관계는 기본적으로 구성원들 상호 간 '친절'과 '배려'가 원만하게 작동되어야만 원만히 성취될 수 있다. 개인의 발전을 위해서도 가정의 발전을 위해서도 나아가 나라의 발전을 위해서도 친절과 배려는 가장 기본적인 연결 끈인 것이다.

가장 으뜸의宗 가르침敎을 배우고 가르치는 사찰에서 고독하게 염불하고 기도하다가 스승님들과 대화 한마디 없이 무덤덤하게 사찰을 내려가는 도반들, 법당에 합장하고 앉아 무언가 정성껏

기도를 올리다가 조용히 법당을 나서는 불자님들을 바라보면 무언가 대화가 필요해 보인다. 그렇다고 스님도 아니고 법사도 종사자도 아닌 필자 같은 사람이 말을 붙이기는 참 어렵다. 절간의 전통적 분위기 때문이다.

그러나 현대는 '정보사회'이자 '서비스사회'다. 전통적으로 엄숙한 분위기를 유지하는 것도 필요하지만 새로운 발전적 사회관계를 도입하는 것 또한 필수적이다. 도반들 누구든지 만나면 반갑게 인사하고 혹시 도와드릴 일이 없겠는지 먼저 대화를 터보면 어떨까? 친절하되 지나치지 않는 친절, 대화하되 수다스럽지 않은 대화, 이러한 친절과 대화는 사찰의 분위기를 밝고 훈훈하게 변화시킬 수 있을 것이다. 불자들은 부처님의 광명을 받아 그 광명을 깨닫고 세상 사람들에게 널리 전하는 사람들이다. 불자님들, 모두 마음을 열고 서로 친절한 대화를 나누어 보시면 어떨까요?

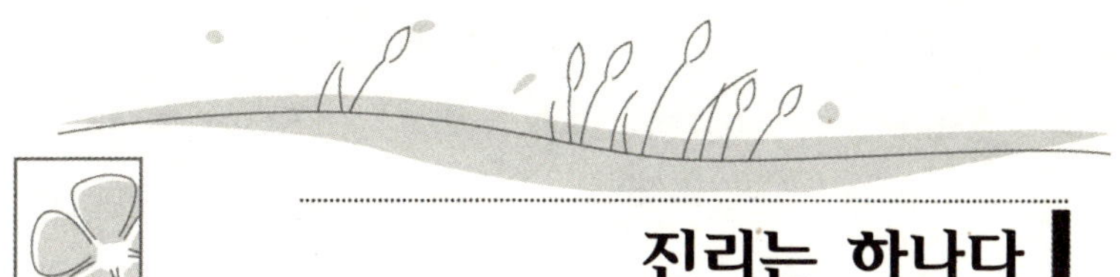

진리는 하나다

　"자등명自燈明 법등명法燈明 : 자신을 등불로 삼고, 법을 등불로 삼아라." "너 자신을 알라." "하늘은 스스로 돕는 자를 돕는다." 참으로 멋진 진리의 말씀들이다. 각기 표현은 다르지만 모두 스스로 깨달아 스스로의 길을 잘 가야 한다는 인생살이의 정신적 물질적 방법론을 명쾌하게 제시하고 있는 것이다. 그러기에 옛 성인들의 생각은 다 한통속인가보다.

　현대 고령화 사회에서 필자는 '지천명'을 넘어 가속 패달을 밟으며 인생길을 달리고 있지만 아무리 살아봐도 결국은 자기 자신과 진리 밖에 나를 도와주는 것은 없다는 것을 달리면 달릴수록 실감하게 된다. 아침에 일어나는 것도, 저녁에 잠을 자는 것도, 밥을 먹는 것도, 공부를 하는 것도, 직장생활을 하는 것도 내 지혜의 등불을 켜야 실행할 수 있다. '나는 누구인가'를 알지 못하고 스스로 아무것도 하지 않으면 우리는 정말 아무것도 성취할 수 없다. 부모가 도와주고, 마누라가 도와주고, 스님이 도와주고, 교수가 도와준다고 해도 스스로 하지 않으면 모두다 '헛방'인 것이다.

여기서 법이란 '시시콜콜한' 실정법實定法을 의미하는 것이 아니라 모든 자연법칙 나아가 우주의 법칙을 포괄하는 광대무변의 진리이다. 물론 실정법도 자연법에 따라야 제대로 되는 것이지만, 자연법은 그러한 차원을 넘어서 인간과 자연 모두를 경영하는 '진리의 경영법'을 의미한다. 불법佛法은 바로 부처님과 그 후속 불자들이 우주의 세계에서 지혜의 등불을 들고 찾아낸 '진리의 경영법'이라 하겠다.

부처님의 법은 하도 많아서 일생동안 공부해도 능력이 부친다고 한다. 불교학을 전공한 학자나 스님들도 부처님이 증득하신 '법빙산'의 일각을 조금 살펴보고 이렇다 저렇다 논論할 수밖에 없을 것이다. 하물며 필자는 그 '법빙산' 일각도 만져보지 못했으니 불법을 말할 자격이 없는 게 분명하다. 그런데도 '자등명법등명'의 등불에 매료되어 이렇게 아는 척하고 싶어지니 어둠 속에서 빛을 찾아 날아드는 풍뎅이와 나방의 무모함이 떠올라 마음이 부끄럽다. 그러나 좋은 걸 어떻게 하랴. '자등명법등명'이 좋고, '노우 다이셀프know thyself'가 좋으니 좀이 쑤셔 윙윙거리고 말하지 않을 수 없다. 이 또한 진리의 위력인가 보다.

동서고금 성인聖人 학자들은 '진리는 하나다'라고 말해왔다. '모든 길은 로마로 통한다고도 했다.' 그러니 앞서 우려한 필자의 생각도 이 말을 좀 위안삼아 "그래 진리는 하나라고 했어. 그런데 바로 그 '자등명법등명'이 '진리는 하나다' 바로 그 진리야. 그러니 걱정할게 없어. 이 진리로부터 8만 4천 법문이 설파되었고, 모든 자연법칙과 학문이 성립되어 온 거야" 하고 위로할 수밖에…… 그리고 다음과 같이 추신하고 글을 접는다.

"진리는 명쾌하다. 그리고 쉽다. 그런데 설명하는 과정이 어려울 뿐이다. 부처님은 온갖 비유를 들어 쉽게 설명하셨으나 그 후에 부처님 같은 분이 탄생하지 못하였기에 우리들이 모든 진리와 학문을 어렵게 하고 있는 것은 아닐까? 스님들이여 학자들이여 진리를 좀 쉽게 설명해 주십시오. 논문도 좀 쉽게 써주세요. 쉽고 명쾌한 '자등명법등명'은 꼭 실천하고 후세에 전수하겠습니다."

내 마음의 '삼불정책三佛政策'

　'우리집의 삼불정책'을 제목으로 글을 쓰다가 삼불정책이 여러 개 떠올라 또 하나 써본다. 이번의 삼불정책은 내 마음의 정책이다. 이번의 삼불정책은 부정의 불不자가 들어간 삼불이 아니라 원대한 지혜를 증득하는 부처님 불佛자이다. 한자로 쓰면 "三佛政策".

　끊임없이 변하는 마음에는 항상 변함없는 진리와 지혜를 넣어주어야 한다. 그런데 이러한 진리를 넣어주시는 스승님은 인류의 교사이셨던 성인군자들이다. 또한 성인군자들의 행적과 말씀을 배우고, 익히며, 실천한 수많은 위인과 현자들이다. 그래서 내 마음에 이분들을 모시고 다니면 나는 지혜로운 인간으로 살수 있다는 생각을 해왔다.

인류 역사에는 성인군자들이 왔다가 가셨고 또 계속 오시고 가신다. 그래서 딱 세분만 내 마음에 모시기는 어렵지만 또 너무 많은 분을 모시기도 어렵다. 그래서 부족한 마음에나마 세 분씩, 세 분씩 여러 계열의 삼불을, 모실 수 있는 능력에 따라 모시기로 하였다.

먼저 제일 우선으로 내 마음에 염念하여 모시는 삼불은 석가, 예수, 공자로 정했다. 예수님과 공자님에게는 일반적으로 불佛이라는 글자를 붙이지 않지만, 깨달은 성인聖人을 의미하는 보통명사로서의 '불佛'을 붙여 '예수불佛', '공자불孔子佛'이라 해도 무례는 아닐 것 같기에 그냥 불佛을 붙였다. 가장 높으신 진리와 도덕법을 전해주신 삼불을 항상 마음속에 염하며 읽고, 길을 갈 때, 차를 탈 때, 슬플 때, 기쁠 때, 문제가 잘 안 플릴 때 등 언제나 삼불에게 구도하려는 것이다. 소크라테스는 내 마음 용량이 부족해 직접 못 모셨지만 자주 '초빙불招聘佛'로 모실 것이다.

두 번째의 3불 부터는 이제 불가로 들어와 정하기로 했다. 필자는 배움도 적고 능력도 모자라므로 어려서부터 익숙한 불가환경에서 정하는 것이 가장 수월하기 때문이다. 불가의 3불로는 석가모니불, 약사여래불, 아미타불이 마음에 들어오셨다. 석가모니 부처님을 중앙에 모시고 건강하게 해주시는 약사여래불과 미래세를 열어주시는 아미타부처님을 좌우로 모셨다. 어, 석가모니불? 아까 다른 성인불聖人佛 계열에도 계셨는데? 그러나 불가의 으뜸이시니 여기에도 오셔서 겸직(?)하시게 했다. 겸직으로 저쪽 자리를 비우시는 동안, 저쪽에는 소크라테스불이 믿음직하게 와 계실 것이다.

세 번째는 불佛의 경지까지는 아니지만 위대한 선각자인 여러 보살님들을 모셨다. 보살님은 무수히 계시지만 역시 필자에게 가장 익숙한, 관세음보살님, 지장보살님, 문수보살님을 모신다. 세상을 관조하고 세상의 소리를 깨우쳐주시는 관세음보살님, 땅의 평온을 유지하시고 조상의 영을 보살피시는 지장보살님, 지혜 총명의 상징인 문수보살님은 모든 보살님들의 대표이기에 항상 마음에 두고 염하지 않을 수 없다.

속세의 진흙으로 꽉 찬 마음을 비워내고 그 자리에 지혜로운 성인군자와 불보살님들을 모신다면 마음은 비어 있으되 공허하지 않고, 육체는 바쁘되 행복할지니…… 어떤 이는 "하루를 살아도 행복할 수 있다면 나는 그 길을 택하겠다."고 하던데, 일찍부터 삼불을 마음에 모시고 살면 하루가 아니라 평생 행복할 것이니 어찌 이 일을 마다하겠는가?

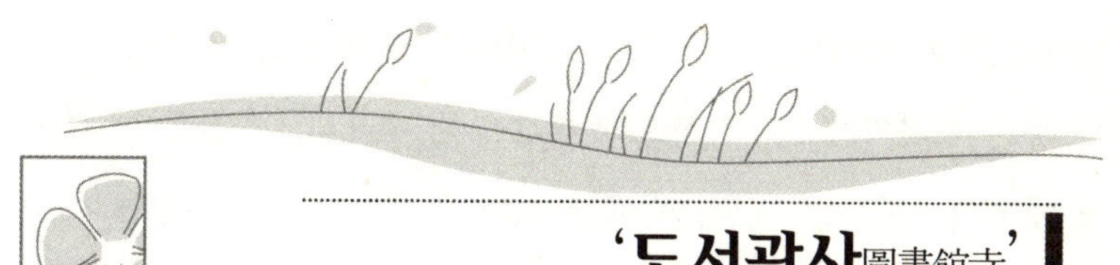

나는 보통 일주일에 한번은 절에 간다. 삼각산 화계사에 주로 가지만 다른 절에 갈 때도 더러 있다. 그런데 절에 갈 때마다 스님들을 만나 대화하는 일은 거의 없다. 스님들도 잘 모르는 '뜨내기 고객'에 대해서는 별로 신경 쓰지 않으신다. 그래서 더욱 더 대화의 기회가 없다. 대화를 하려면 용기 있게 스님 방에 들어가서 절하고, 자기소개를 해야 하는 데, 그것도 가슴 좁은 사람으로서는 쉬운 일이 아니다. 그러다보니 절에는 가지만 항상 외톨이, 그저 법문 듣고, 염불 좀 따라 속삭이고, 찬송가 비슷한 찬불가 따라 부르고 하다가 공양간에서 국수 한 그릇 후루룩하고는 절문을 나서고 만다.

그래서 하루는 작은 용기를 내었다. '거사회' 방으로 들어가 회원가입을 한 것이다. 연세 드신 할아버지 몇 분, 정년퇴직을 하신 것 같은 아저씨 몇 분이 웃으시며 환영해 주셨다. 내친김에 '법보'에 대하여 여쭈어보았다. 원고를 하나 내고 싶은 데 어떻게 하면 되느냐고. 그랬더니 회장님께서 "인터넷으로 보내면 되요."하신다. 집으로 돌아와 인터넷을 검색해 보았다, 그렇지만 법보에 원고를 보내는 방법은 아무리 찾아도 없었다. 그래서 다음번 절에 갔을 때는 법보 편집자를 직접 만나볼 생각으로 담당보살님이 계신 방위치를 물어 찾아갔다. 그랬더니 반가워하며 이메일 주소를 알려 주신다. 나와 법보와의 인연은 이렇게 시작되었다.

그러나 이렇게 조금씩 절을 알게 되어가도 주지스님이 누구신지, 어느 스님들이 계시는지 물어보지 못하고, 소개 받지도 못하고, 그저 승복 입고 다니시는 스님들께 합장 인사만 드릴 뿐이다. 절이건 속가이건 방문하면 먼저 주인부터 찾아뵙고 인사를 드리는 것이 마땅한데, 이거하나 실천 못하니 그래서 '우매한 중생'이라는 소리를 듣는가 보다. 그래 결심을 한다. 다음 번 절에 갈 때는 꼭 주지스님을 찾아뵙고 인사를 드려야 하겠다는 '각오'를 다진다.

절에 가서 절하고 공부하면서 내 마음 속엔 또 하나의 '엉뚱한 생각'이 자리 잡기 시작했다. 나의 전공과 절을 좀 돈독하게 인연

맺어 여생을 보람 있게 살아갈 방법은 없을까? 하는 고민이다. 하루는 집을 나서 출입문을 닫고 엘리베이터를 누르고는 엘리베이터가 올라오는 시간동안 대문을 바라보니 대문 중간에 세로로 위에서부터 아래까지 광고물 스카치테이프 본드 흔적이 군데군데 얼룩져 보기 싫게 느껴졌다. "저 자리에 좀 예쁜 종이를 갖다 붙여볼까. 그런데 그냥 종이만 붙이면 의미가 없으니 의미 있는 글자를 몇 개 써 붙이면 어떨까. 집에 책이 많으니 '이종권도서관'이라고 붙여볼까. 그러나 아파트에 도서관이라고 붙이는 것도 좀 그렇잖아. 그럼 절에 다니니 도서관도 절도 아닌 '도서관사圖書館寺'라고 붙여볼까." 상상이 날개를 달고 종횡으로 날아다녔다.

그런데 그 다음에 생각해도, 또 그 다음에 그리고 지금까지도 '도서관사'가 제법 마음에 든다. "도서관을 차려놓은 절도 좀 있어야지, 절에 가면 책도 볼 수 있고, 학승을 만나 대화도 할 수 있어야지", 혼자 논리를 세워보며, 내가 정말 프리랜서교수에서 은퇴하면 이 아이디어를 꼭 한번, 어떤 방법으로든 실현해 보리라 마음을 먹는다. "전공은 못 속인다"고, "제 버릇 개 못 준다"고 해도 아무 상관이 없다. 무엇이든 스스로 좋으면 실천하는 것이다. 절이 싫으면 중이 떠나듯이 절이 좋으면 절로가고, 도서관이 좋으면 도서관으로 가고, 둘 다 좋으면 '도서관사'를 여는 것은 당연한 이치가 아닐까? 그때 나는 아마 '도서관사圖書館寺'의 '주지'

가 되어 있을 것이다. 스님이 아니니 주지스님은 못되고, 그냥 '주지'라고만 해야 할 것이다. 아니면 도서관에서도 학생들을 가르칠 수 있을 것이니 '주지교수'로 불러 주면 더없이 좋을 거고…… 다음번 주지스님을 만나 신행상담을 할 기회가 온다면 이 문제도 좀 상의해 보아야 하겠다. 혼자만의 생각은 항상 허점이 있는 것이니.

둔황에 피고 진 불심

　2008년 7월 13일 중국 공무원들의 출근시간에 맞추어 둔황석
굴로 향했다. 둔황석굴은 통상 '막고굴莫高屈'이라 부르고 있었다.
안내원은 '막고'라는 명칭은 이곳에 수도하던 고승의 별명이라고
했다. 그 스님의 수행이 매우 높아 사람들이 그를 '莫高스님'이라
고 불렀다는 것이다. 그러나 그 막고스님이 어떤 분이었는지는
확인하지 못하였다. 사실 막고굴은 우리 여행단이 방문을 예정한
최고 목표점이다. 그만큼 세계적으로 널리 알려져 있는 곳이기도
하다. 영국과 독일, 프랑스, 일본 등 각국의 역사학자들이 둔황
막고굴을 답사하고 연구함에 따라 이제는 '둔황학'이 성립되었다.
인터넷에 들어가 보면 영국 학자들이 운영하는 '둔황프로젝트'가
있다. 둔황에 가지 않아도 둔황의 많은 부분을 자세히 알 수 있는
학술사이트다. 둔황에 가보았자 정보는 이 사이트보다 더 빈약할

수 있다. 다만 현지의 땅을 밟아본다는 의미가 좀 있을 뿐이다.

오전 9시경, 막고굴 앞에 도착했다. 세계문화유산에 등재된 관광지답게 입구에서부터 치장이 범상치 않다. 흙으로 쌓은 왕원록(장경동 문서를 발견한 인물)의 기념탑을 비롯하여 석굴 입구에 이르기까지 안내표지와 설명게시판, 그리고 전시관과 둔황연구원의 '접대부接待部' 사무실, 기념품 판매장, 정문격인 건축물 등이 여유롭게 띄엄띄엄 늘어서 있다. 인터넷에 들어가면 사진을 매우 흔하게 볼 수 있는 막고굴의 중심굴 모습이 눈에 들어왔다. 정말 사진 그대로였다. 따라서 별로 신기한 느낌은 들지 않았다. 차이라면 '사진과 실물의 차이'일 뿐이다. 그러나 석굴에 대한 나의 오해 하나가 풀렸다. 그것은 우리나라에서는 석굴이라 하면 고수동굴이나 성류굴 같이 천연동굴을 연상하게 되어 굴 입구에서부터 전등을 들고 몇 십 미터 안쪽으로 몸을 숙이고 기어 들어갔다 나오는 것인데, 이곳 석굴은 그렇지 않다는 것이다. 인터넷에서 막고굴의 사진을 처음 보았을 때 나의 연상은 저 주출입구를 통하여 캄캄한 굴속을 과연 몇 백 미터나 들어갈까 하고 의아해 했었는데, 실제로 와보니 그러한 오해가 풀리면서 다소 허탈감이 왔다. 모든 석굴이 깊지 않고, 한 개 한 개 굴이 다 얕아서 굴 밖에서 시야를 180도 넓혀 보면 마치 벌집모양을 하고 있다는 것이다. 그런데 선행 여행자들은 어느 누구도 이러한 사실을 설명하지 않았으니 나 같은 촌놈은 오해하기 '딱'이었던 것이다.

카메라를 관리소에 맡기고 안내원의 감시 겸 안내를 받으며 석굴 입구에 들어섰다. 높이 35m의 거대한 불상이 인자한 모습으로 넌지시 우리를 굽어보고 있다. 나는 일행의 눈치를 볼 것도 없이 바로 두 손을 합장하고 예배를 했다. 다른 종교인들은 '우상숭배'라고 할지 모르나 나는 우상숭배건 뭐건 부처님의 인자하고 자비로운 모습을 뵈면 언제나 저절로 합장이 된다. 물론 물리적으로는 저 불상은 하나의 흙이나 돌에 불과하다. 그러나 물질은 정신을 담는 그릇일 수 있다. 우리 인간도 물질인데 다 정신을 담고 있지 않은가. 저렇게 웅장한 부처님의 상을 모셔놓은 것은 부처님의 정신을 생각하라는 뜻이다. 저 물질에 생명이 있건 없건, 정신이 있건 없건, 부처님의 상을 통해서 '너희들'의 정신을 부처님의 정신으로 합치시켜 보라는 것이다. 그리고 부처님의 가르침을 깨달아 중생을 팔정도의 바른 길로 인도하고, 세계평화를 달성하라는 웅대한 불교의 정신이 담겨 있는 것이다. 우상 운운하는 것은 한낱 소인배들의 편견에 불과할 뿐이다.

여러 석굴을 둘러보았다. 학자들을 따라 한 굴, 한 굴, 굴마다 비슷하지만 조금씩 다른 특징들이 보이는 것 같았다. 그런데 지금까지 석굴을 많이 보아 온 탓인지 내 눈에는 그 굴이 그 굴 같아서 굴 자체만으로는, 그리고 벽화 자체만으로는 별 흥미를 느낄 수 없었다. 불교미술이나 불교사에 문외한이라 그럴 것이다. 나의 관심은 벽화보다는 이곳에서 발견된 둔황문서에 관한 것이다. 이곳에 문서가 발견된 장경동藏經洞이 있다는 정보를 알고 왔기에 장경동이 나타나기를 기다렸다. 그런데 중국 둔황연구원 '접대부接待部' 소속의 여성 안내원은 장경동에 가기 전에 우리를 다른 곳으로 데리고 갔다. 장경동에 관한 별도의 전시관이었다. 그곳에는 장경동의 발굴 내력과 문서 유출 경위, 현재 문서의 소장 기관들이 소개되어 있었다. 안내원은 한국의 국립중앙도서관에도 일본인을 통해 흘러 들어간 둔황문서가 있다고 했다(그러나 실제는 국립중앙박물관 소장). 그러나 역시 '빨리빨리 주마간산', 전시물들을 읽어볼 시간여유를 주지 않았다. 바로 제17굴 장경동으로 우리를 데리고 갔다.

장경동이 우리에게 역사적으로 중요한 의미를 갖는 것은 신라의 고승 혜초스님의 인도여행기 '往五天竺國傳'이 여기서 발견되었다는 점이다 프랑스 사람 펠리오가 왕원록도사에게 약간의 돈을 주고 가져간 둔황의 문서 속에 왕오천축국전이 포함되어 이 책은 현재 프랑스에 있다고 한다. 프랑스, 그들은 우리 문화재를 다량으로 가지고 있다. 세계최초의 금속활자본인 직지심체요절을 비롯하여 병인양요 때 약탈해 간 강화의 외규장각문서들을 억류하고 있고, 둔황에 있던 혜초의 왕오천축국전까지 가져갔으니 그

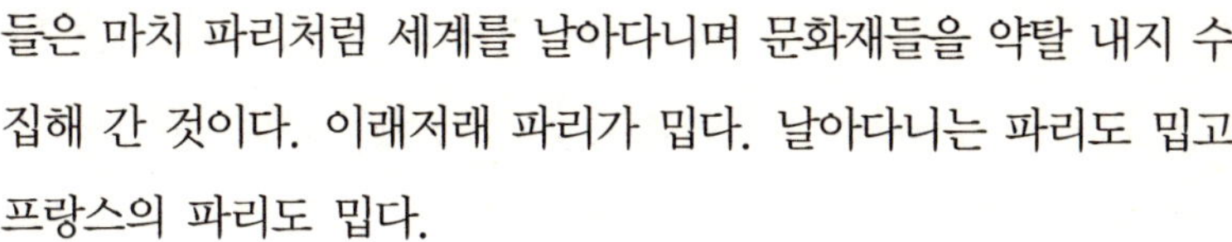

들은 마치 파리처럼 세계를 날아다니며 문화재들을 약탈 내지 수집해 간 것이다. 이래저래 파리가 밉다. 날아다니는 파리도 밉고 프랑스의 파리도 밉다.

장경동은 공허했다. 발견된 자료들이 다 흩어져버렸기에 역시 껍질만 남은 것이다. 허무한 감정으로 안내원의 설명을 들으며 고개만 끄덕였다. 안내원은 왕원록도사는 장경동 문서를 발견했지만 문서를 보존하지 않고 외국으로 헐값에 넘겼기에 공적이 없다는 점을 강조했다. 내가 보기에도 그런 것 같았다. 문화재를 발견했으면 정부에 알려 잘 보존하면서 연구에 힘쓸 일이지 다른 나라 사람들에게 팔아넘기다니 그는 도사가 아니라 무식한 졸부에 불과하다고 아니할 수 없다. 그의 기념탑이 있지만 아무도 경배하지 않는 데는 다 이유가 있다(왕원록은 장경동 발굴 후 정부에 보고했으나 당시 청나라정부는 아무런 조처를 하지 않았다고 한다). 다른 굴들을 좀 더 보다가 점심을 해결하러 막고굴을 나왔다.

식사 후에는 둔황박물관을 관람했다. 별로 특별한 것은 보이지 않았다. 죽간 몇 개가 눈에 들어와 촬영을 했다. 오후에는 다시 석굴로 들어가자는 서울대 국사학과 최병헌 교수님의 제의가 일행을 압도했다. 원래는 '명사산鳴砂山'이라는 관광지를 갈 예정이었으나 기왕 이곳에 왔으니 놀러가는 것보다는 둔황석굴을 좀 더 보고 가자는 학자다운 말씀이었다. 그래서 일부만 명사산으로 모래썰매를 타러가고 대다수는 다시 입장료를 또 내야하는 막고굴로 들어가기로 했다. 나는 처음에는 명사산으로 가서 관광을 해야겠다고 생각했으나 장경동 전시관을 보고부터 마음이 바뀌었다. 뜨거운 모래사막에 가서 노느니 전시관을 한 번 더 보고 싶어졌다. 둔황문서의 실물은 별로 없지만 문서의 내력에 대한 것을 좀 천천히 관람하기 위해서였다. 그래서 최교수님의 뒤를 따라 막고굴로 갔다. 다른 학자들이 특굴 관람료를 내고 석굴 벽화를 보는 동안 나는 장경동 전시관에 들어가서 여유로운 시간을 보냈다. 처음부터 끝까지 하나하나 전시 설명을 읽어보며 눈도장을 찍었다. 사진촬영을 좀 허락하면 좋으련만 사진을 찍지 못해 매우 아쉽다. 노트에 적어가며 두 시간에 걸쳐 전시관을 한 바퀴를 돌아 나왔다. 그래도 석굴 벽화를 감상하는 학자들이 나올 때 까지는 약 한 시간이 남았다. 나는 관리소로 나와 중국어로 된 막고굴에 관한 단행본은 샀다. 둔황연구원에서 나온 책이라 막고굴 하나하나에 대한 전반적인 설명들이 중국어로 빼곡히 인쇄되어 있다. 둔황도 좀 알 겸 중국어도 좀 익힐 겸 좋은 자료라고 생각되었다. 또 기념품상점에 들러 다른 책을 샀다. 신강지역과 실크로드에 관한 책들이다. 주차장 앞 계단에 걸터앉아 이 책 저 책 책장을 넘기고 있는데 기다리던 일행이 하나 둘씩 모습을 드러

냈다.

여행 소감

이번 여행에 참여하여 참 많은 것을 배웠다. 고고미술, 역사, 불교학과 관련하여 새로운 지식과 경험을 쌓아가는 것 같아 보람을 느꼈다. 특히 학자들과 종교인들이 함께 여행을 하면서 서로 간의 지식과 아이디어를 교환했다. 또한 여러 전문가들의 강의를 들을 때마다 새로운 지식과 지혜를 발견하게 되어 고개가 저절로 끄덕여졌다. 사실 필자는 불교신도면서도 불교학이나 불교미술을 공부하지 못했다. 다만 어릴 때 다종교 환경에서 자라 그런지 자연히 종교와 종교학에 관심을 갖게 되었고, 나이가 들어가니 생활로서의 불교의 필요성을 절감하게 되었다.

그런데 이번에 방문한 중국의 석굴들은 어디에도 현지인들의 불심이 보이지 않았다. 다만 중국정부에서 관광사업의 일환으로 석굴을 관리하고 있을 뿐이다. 이러한 현실을 볼 때 '여행버스 세미나'에서 "불교유적을 답사, 관찰하고 연구하면서도 불교의 정신을 그 바탕으로 해야 할 것"이라는 동국대학교 불교학과 교수 혜원스님의 말씀에 참으로 공감이 갔다. 그리고 '학'으로서의 불교, '종교'로서의 불교가 '불심'이라는 핵으로 융합하여 돌아간다면 참 좋겠다는 생각을 했다. 신도들이 경전과 교리를 잘 모르면서 복만 비는 것도 불합리한 것 같고, 학자들이 학문의 객관성을 강조하여 불교를 믿지 않으면서 불교를 학문으로만 하는 것도 바람직해 보이지는 않는다. 필자는 20대부터 불교를 접해왔지만 이제야 불교공부를 시작했다. 그러나 나의 불교공부는 학문적 목적이라기보다는 신앙적 목적에 무게중심을 둔다. 불교를 믿되 참으로 그 진리를 알고 믿고, 그 진리를 믿되 진리를 실천하는 것이 더 중요하다고 생각하기 때문이다. 학문과 신앙이 함께 조화를 이루어 불교의 본질과 불교의 정신을 진작해 나가는 것이 이 시대 우리 불자들의 사명이라 생각하기 때문이다.

이번 여행에서 나는 불심이 빠져버린 중국 불교유적지를 보며 우리정부가 종교편향을 버려야 하는 분명한 이유를 도출할 수 있었다. 만일 이 정부가 종교편향을 지속한다면 우리나라의 사찰도 이슬람교인들이 지배하는 둔황석굴처럼 되지 말라는 법이 없다는 것을……

☞ 다음은 전시관에 게시되어 있는 장경동 소개 글. 사진을 찍지 못하게 해 공책에 적어온 것임.

돈황 장경동 진열관敦煌 藏經洞 陳列館

The Ministry of Cave 17

By the end of 11th century, monks at Magao Grottoes had accumulated a large quantity of Buddhist texts, together with no Buddhist documents, paintings on silk and paper. These items, along with ceremonial implements hidden in Hong Bian's memorial hall, were sealed into on all cave. The opening was then coated with a layer of clay and finally decorated with a mural. From that day forward the Hidden Library lay unknown until its discovery in 1900.

Since the discovery, scholars have heatedly debated when and why the Hidden Library came to be. There are two main opinions; One is that for some unknown reason the artifacts were abandoned; the other supports that idea the manuscripts, etc. were hidden to protect them from an impending catastrophe.

장경동 관련 인물

王圓籙 Wang Yuanlu

20세기 초에 둔황 장경동을 처음 발견한 사람. 1904년 막고굴 제16굴 안에 밀폐되어 있던 작은 방(17굴)에서 약 5만점의 고문서를 발견함. 왕원록은 청나라 정부에 보고하고 유물보존에 노력했으나 정부지원이 없자 유물들을 다른 나라 탐사단에 팔아넘겼다고 한다.

오렐 스타인(Marc Aurel Stein, 1862~1943)

헝가리 출신의 영국인으로 1907년 장경동을 탐사, 왕원록에게 재정 보조금을 지급하고, 약 7,000점의 유물을 영국으로 반출하였다. 유럽에 둔황문서를 처음으로 소개함으로써 '둔황학'이 성립되는 계기가 되었다.

佰希和 Paul Pelliot(1878~1945)

프랑스인 폴 펠리오(Paul Pelliot)는 1908년 오렐 스타인의 선례에 따라 왕원록에게 재정보조금을 지불하고, 역시 약 7000점의 문서를 프랑스로 반출하였다. 폴 펠리오가 가져갔던 문서 중에는 신라 혜초스님의 往五天竺國傳 필사본이 포함되어 있었다.

大谷光瑞(Count Kozui Otani, 1876~1948)

오타니 고즈이는 일본의 승려로 런던에 유학을 했던 젊은 학승이었다. 그는 27세에 1차 둔황을 원정(1902~1904년)했고 1914년까지 세 차례에 걸쳐 둔황을 탐사, 약 5,000점의 유물을 일본으로 가져갔다.

그러나 그가 주지로 있던 니시혼간지西本願寺의 파산으로 둔황문서 일부를 일본의 재벌인 구하라에게 팔아넘겼다고 한다. 구하라는 1916년 조선총독부의 데라우치 총독에게 조선광산채굴권에 대

한 뇌물로 기증하여 둔황문서 일부가 우리나라에 반입되었다. 한
국에 들어온 둔황문서는 현재 용산 국립중앙박물관에 보존되어
있다.

'젊음의 늙음', '늙음의 젊음'

"젊으면 늙어지고, 늙으면 젊어진다." 얼핏 보면 말이 되는 것도 같고 안 되는 것도 같지만 잘 보면 말이 된다. 우선 젊은이도 세월이 가면 점점 늙어가니 "젊으면 늙어진다."는 말은 참말이다. 그러나 "늙으면 젊어진다."는 말은 우주만물 영겁윤회의 사상기반에서 생각해야만 말이 된다. 젊으면 늙어지는 것은 눈에 띄는 경험세계이므로 누구도 의심하지 않으나 "늙으면 젊어진다."는 것은 육안으로는 보이지 않는 상상의 세계이므로 쉽게 수긍하지 못한다.

그러나 우리는 눈에 보이는 현상만으로 우주만물의 진리를 판단하기 어렵다. 세상에는 드러나는 면의 이면에 더욱 크고 오묘한 우주운행의 원리가 존재하고 있기 때문이다. 따라서 '늙음의

젊음'은 현상으로 드러나지 않는 또 다른 원리에 의해서만 그것이
참인지 아닌지를 판단할 수 있는 매우 형이상학적 '현상'이다. 이
러한 형이상학적 사유의 가치는 우리 인간에게 과학이 제시할 수
없는 보다 크고 원대한 진리의 세계를 열어준다는 데 있다.

　우리는 불교를 믿던 믿지 않던 불교의 원리 속에서 세상을 살
아가고 있는 것 같다. 모두들 생로병사生老病死의 인생길에서 老
病 死를 극복하고자 노력한다. 병 없이 항상 젊은 상태로 오래오
래 살기 위해 안간힘을 쓴다. 의학, 물리학, 정치학, 경제학 등
모든 과학이 행복한 인생을 위해 탐구되어왔다. 그러나 생로병사
의 문제를 완전하게 해결한 과학은 없다. 아무리 과학이 발전한
다 해도 누구든 늙고 병들고 죽는 것은 극복할 수 없다. 새 생명
이 태어나는 것은 기쁜 일일지 모르나 늙고 병들고 죽는 것은 언
제나 슬픈 일이다. 400만년의 인류사 전체가 모두 이 생로병사의
반복이 아닌가.

　그러나 화계사 교양과정에 들어와 반야심경을 공부하니 불교를
믿고 부처님의 법을 실천하면 늙어도 젊음을 유지할 수 있다는
사실을 피부로 느끼게 되었다. 육신은 늙어도 정신은 조정하기에
따라서 젊음을 지킬 수 있을 뿐 아니라 오히려 새롭게 태어날 수
도 있다는 믿음을 가지게 되었다. 그리고 그 '늙음의 젊음'이란 곧

우리의 정신이 부처님의 가르침을 통해 항상 새로워지고, 맑아지고, 자비로워지고, 넓어져서 저 광활한 지혜의 바다를 건널 수 있는 에너지를 받는 상태라 생각된다.

유한한 인생길에서 육신은 찌그러지지만 마음의 에너지가 환희의 원력으로 넘치게 된다면 이게 진정한 젊음이 아니고 무엇일까? 이러한 '늙음의 젊음'은 육체적으로 젊은 사람들은 쉽게 증득하기 어려우니 그들은 육신의 에너지만을 믿고 날마다 '늙음'을 재촉하며 몇 십 년을 허송하기 십상인 것 같다. 그러나 누구든지 부처님의 법으로 귀의하는 순간부터 젊은이는 육신의 젊음 위에 정신의 젊음을 새롭게 충전할 수 있으며, 늙은이는 새로운 정신의 젊은 에너지를 충전하게 되어 죽어도 인도환생을 하거나 극락의 문을 노크하게 될 것이니 불교의 가르침은 참으로 위대하다.

흔히 불교를 모르는 사람들은 반야심경般若心經의 공사상空思想을 피상적으로만 접하고는 허무주의虛無主義라거나 현세를 부정하는 염세주의厭世主義라고 오해를 한다. 필자 역시 젊었을 때는 그렇게 생각한 적이 있다. "있는 것도 없고, 없는 것도 없고, 아무것도 없다면 도대체 난 무엇인가?" 그러나 수암스님의 강의를 들으며 새겨보니 불교의 반야사상이 너무나 크고 원대하여 우주 만물 모두에 있는 지혜를 달리 표현할 길이 없어 그렇게 표현한 것이라는 것이 이해가 된다. 우주 만물에 깃들어 있는 정신은 항상 새롭고 젊어서 몇 억 만겁이 지나도록 언제나 새로우니 어찌 젊음과 늙음이 따로 있을 수 있는가.

그러나 이러한 사실을 깨닫지 못하면 생로병사의 고통에서 헤어나지 못한다. 인간 삶의 스타일은 대개 네 가지로 분류할 수 있다. 첫째, 육신도 젊고 정신도 젊은 건강한 사람은 이 세상에서도 빛나는 업을 지을 수 있다. 열심히 일하여 선업을 쌓아 이생의 행복을 만끽할 수 있을 것이다. 둘째, 육신은 젊으나 정신이 늙은 사람은 이 세상에 별로 좋은 일을 못하고 고통에서 벗어나기가 힘들 것이다. 셋째, 육신은 늙었어도 정신이 젊은 사람은 죽는 날까지 선업을 짓고 행복을 맛보다가 웃으면서 허울을 벗을 것이다. 넷째, 육신과 정신이 다 함께 늙고 병든 사람은 마지막까지 물욕에 탐닉하다 공포에 떨며 죽음을 맞이할 것이다. 과연 어느 스타일이 행복한가?

나는 화계사에서 불법佛法을 배울 수 있게 된 것을 매우 다행스럽게 생각한다. 이 육신이 죽는 날까지 '젊음의 정신'으로 열심히 일하며 행복하게 살다가 만면에 미소를 띤 채 이 허울을 벗어야 하겠다는 원을 세운다. '늙음의 젊음'으로 무한한 에너지를 충전

하여 도반들과 함께 나누어 쓰다가 저 반야의 배를 함께 저어
가고 싶은 것이다. "아제아제 바라아제 바라승아제 모지 사바
하♬!"

인도人道를 인도仁道로 인도引導하는 인도印度

인도문명, 석가, 간디, 타고르…… 우리에게 잘 알려진 인도의 성인들이다. 그리고 우리 도서관인들은 인도의 랑가나탄을 '도서관의 성인'으로 모시고 있다.

필자는 인도에 대하여 잘 모르고, 단지 책속에서 인도문명은 모헨조다로와 하랍파의 유적이 있다는 것과, 석가모니에 의해 불교가 탄생되었다는 것을 배웠다. 또한 목화를 재배, '조공'하여 산업혁명에 기여한 영국의 식민지였다는 것, 마하트마 간디에 의해 '비폭력' 평화독립을 성취하였다는 것을 배웠다. 문헌정보학에 입문하고부터는 랑가나탄의 '도서관학 5법칙'을 다소 '촌스럽다'고 생각하며 받아들였다. 한마디로 인도의 지혜를 마음으로 깨닫지 못하고 있었던 것이다.

그런데 오늘 새벽, 잠이 깨어 눈을 부비며 일어날 채비를 하고 있는 순간, 내 머리에 '인도'라는 단어가 불현듯 들어왔다. "인도人道, 인도仁道, 인도引導, 인도印度." 그리고 이 모든 '인도'가 매우 의미심장意味深長할 뿐 아니라 서로 잘 연결되고 있는 것 같은 감이 왔다. 그래서 나는 어설프나마 이 '인도들'의 인연因緣을 풀어 보기로 하고, 스탠드를 켠 후 노트북을 열었다.

인도人道는 '사람이 가는 길'이다. 물리적으로도 그렇고, 정신적으로도 그렇다. 차도車道는 사람이 차를 타고 가는 길이니 '인도人道의 확장'이라고 할 수 있다. 그러나 어디까지나 사람이 중심이다. 사람이 가고, 가야하는 길, 눈에 보이건, 보이지 않건 우리는 사람의 길을 가야한다.

두 번째의 인도仁道 역시 사람이 가야하는 길인데 그 중에서도 격조가 높다. 이는 물리적인 길이라기보다는 정신적인 길로서 '착한 길' '너그러운 길' '공자님의 길'이다. 공자님이 평생 동안 가르치신 핵심철학은 단적으로 '인仁'이다. 인은 인의예지仁義禮智의 으뜸에 있다. 인仁이 있어야 옳게義, 예를 갖추어禮, 지혜롭게智 살 수 있는 것이다.

세 번째의 인도引導는 길을 이끌어 안내하는 것이다. 세상의 모든 중생들, 눈을 뜨고도 보지 못하는 '눈 뜬 봉사', 귀가 있어도 듣지 못하는 '귀 트인 농인', 탐진치의 늪에서 벗어나지 못하고 있는, 필자를 포함한 모든 중생들을 붙잡아 이끌어 인도人道와 인도仁道를 가게 하는 것이다. 누가 그렇게 할 수 있는가? 덕 높으신 스승님들 그리고 자기 자신들이다.

마지막으로 거대한 승리자v의 모습으로 인도양에 자리하고 있는 인도印度, 성인의 나라 인도印度, '인도印度'는 India의 한자 음역이므로 인印과 도度의 의미상관성이 없든 있든, 실질적으로 인도印度는 인간으로서의 도수度數 높은 길을, 도장印 꽉 꽉 찍어 확실하게 안내한 현자의 '우주'임을 부인할 수 없을 것이다. 인도에 가고 싶어진다. 그래서 오늘 아침 나의 해외여행 1순위를 인도로 정했다. 언제 갈지는 모르지만, 언제 가든 혼자 가지 않고 모든 인도 人道, 仁道, 引導, 印度를 잘 아시는 스승과 함께 갈 것이다.

여권旅券전 '인도 여행'

　여권을 내기로 마음먹었다. 이제 기회가 되면 해외여행을 좀 다녀볼 생각에서이다. 50이 넘도록 외국엘 한 번도 가보지 않았으니 내가 생각해도 정말 너무했구나 싶다. 외국에 대한 사정은 역사서나 지리서, 유명 인사들의 기행문, 관광안내책자, 텔레비전프로그램을 통해서 '들은풍월'이 전부다. 그러면서 필자는 '도서관의 역사' 강의시간에 메소포타미아문명, 이집트문명, 그리스문명, 인도문명, 황하문명을 천연덕스럽게 이야기 해왔으니 '우물 안 개구리가 우물 밖의 느티나무 사정을 이러쿵저러쿵 개굴거린 것' 같아서 매우 계면쩍다.

　그래서 오늘 내친김에 여권용 사진부터 찍었다. 사진관에서 사진을 찍은 지도 오래되어서 사진관에서의 행동도 부자연스러웠다. 사진사가 카메라를 조종하여 촬영스위치를 누르는 데 뭐가 그리 긴장될 게 있다고, 불빛이 번쩍하면 눈이 깜박하고 고개가 약간 '경련'을 하는 듯 매우 어색했다. 몇 번을 시도한 끝에 사진이 찍혔다. 그리고 30분 만에 사진 8장을 받았다. 그런데 또 촌스럽게, "필름을 주실 수 있느냐"고 물었더니 "요즘은 디지털이라 필름을 안 쓴다."는 답이 왔다. 아! 실수! 그러나 마무리는 '멋있게' 했다. 가지고 다니는 USB에 사진 원판을 담은 것이다.

사진을 찍은 후에는 바로 서점으로 갔다. 여행기를 하나 사서 읽을 생각이었다. 이 책 저 책 좋은 책이 많이 보이는 데 그 중에서 '인도기행'이 눈에 띄었다. 엊그제 인도를 '여행 1순위'로 생각하고 있다는 글을 썼는데, 그 생각은 서점에 가서도 변하지 않았다. 법정스님께서 수려하고 적나라하게 쓰신 여행기가 천연색 사진과 함께 실려 있어서 '전문사서로서의 순발력'을 활용, 즉시 '도서선택'을 했다. 비록 20여 년 전에 쓰신 글이라 최신성은 없지만 대륙大陸은 그렇게 쉬 변하지 않는 속성을 가지고 있으니 상관할 바 아니라고 생각되었다.

버스를 타고 오면서 계속 '인도기행'을 읽었다. 처음에는 캘커타시의 짐승과 어울려 사는 사람들의 '짐승 같은 삶'의 모습들이 그려져 있었다. 교통이 불편한 것은 두말 할 것 없고, 생활환경은 퀴퀴하고 찌릿한데, 역겨운 '인도 냄새'(스님은 인도 향의 냄새를 이렇게 표현했다.)가 가는 곳마다 풍긴다 했다. 그러나 한 그루 나무숲 둘레가 420미터가 넘는 '반얀나무'가 아름다운 수행 처를 제공하는데, '죽음을 대기하는 집'에서는 뼈골이 상접한 사람들이 하루에도 두세 명씩 자신의 관 짜는 못 망치소리를 들으며 죽어가고 있어 스님으로서도 무어라 형언할 수 없는 감정이 되신 것 같았다. 그러데 한 가지 특이한 대목은 인도사람들은 가난하면서도 걱정이 없는, 있는 그대로를 그렇게 받아들이는 매우 종교적인 삶을 살고 있다는 것이었다. 짐승과 자연과 하나 되어 살면서, 삶과 죽음도 하나인 것 같이 살아가는 사람들의 모습, 그것이 '인도기행'의 앞부분에서 얻은 나의 독후감이다.

버스에서 내려 집으로 걸어왔다. 감정이 매우 가라앉아 있었다. 지금 내가 고생이라고 생각하고 있는 '이 고생'은 '행복한 고생'이라는 생각이 들었다. 쾌적한 문명의 혜택을 누리며 수 백 년 살 것처럼 아귀다툼하는 우리들의 모습을 과연 인도인들은 무어라 평가할 것인가? 정말 인도에 먼저 가보아야겠다. 기행문만 읽어도 이렇게 마음이 달라지는데 인도를 체험하고 오면 정말 인생이 달라질 것 같다는 생각을 하며 나의 보금자리로 들어왔다. "아이구, 편한 거, 등 따시고 배부르니 내 팔자가 상팔자로다!"

법정스님의 「인도기행」

　　요즘(2008.1월) 법정스님의 '인도기행'에 빠져있다. 주로 전철에서 읽고 있는데, 인도를 가지 않고서도 내가 인도에서 돌아다니고 있는 것 같은 느낌을 받는다. 멋지고 절묘한 표현들, 역사를 넘나들며 리얼하게 그려내는 현장의 풍경, 인도여행에서 다시 느끼고 확인하는 '달관의 종교관'이 나를 매료시킨다. 좋은 글을 읽으면 독후감을 쓰고 싶은 충동은 누구나 느낄 것 같다. 그러나 이런 글을 읽고 쓰는 독후감은 오히려 군더더기다. 그런데 뭔가 쓰고 싶은 욕망을 쉽게 포기하기 어렵다. 그래서 할 수 없이 스님의 문장 몇 단락을 그대로 가져왔다.

　　"불교도들에게 최대의 성지인 이곳 보드가야는 확성기에서 울려 퍼지는 이슬람교 사원의 그 우렁찬 예배드리는 목청으로 새날을 맞는다. 부처님이 최초로 설법한 바라나시(베나레스) 교외에 있는 녹야원鹿野苑의 아침도 이런 목청으로 어둠이 걷힌다. 힌두교와 이슬람교, 시크교, 자이나교, 기독교, 불교가 한데 어울려 공존하는 인도의 종교풍토에서는 다른 종교의 의식이 조금도 귀에 거슬리지 않고 바람소리처럼 자연스럽게 들려온다.

모든 종교가 보다 인간다운 삶을 위해 생겨난 것이라고 볼 때, 종파적인 편견은 독선적이고 배타적인 옹졸한 마음의 소산이다. 하나의 진리를 가지고 현자들이 여러 가지로 말했을 뿐이다. 그 지역의 특수한 풍토와 문화적인 환경, 역사적인 배경에 의해, 그와 같이 표현될 수밖에 없었던 것이다. 겉으로 표현된 말에 팔리지 않고 말 뒤의 숨은 뜻을 따른다면, 자기가 믿지 않는 종교라고 해서 무조건 배격하거나 역겨워할 것은 조금도 없다.

어떤 종파를 물을 것 없이 광신狂信은 그 자체가 독성을 지닌다. 인간의 이성을 잃고 맹목적인 열기에 들뜨면, 종교의 보편성을 망각하게 된다. 마치 한쪽 가지만을 붙들고 오로지 그것만이 나무 전체라고 고집하는 것과 같다. 더 직선적으로 말한다면, 진정한 종교인은 종교 그 자체로부터 자유로울 수 있어야 한다.

외형적인 종교에 얽매이면 자신의 내면에 본래부터 갖추고 있는 신성神性과 불성佛性을 일깨우기 어렵다. 개념화된 부처나 보살 때문에 지금 내 안에 살아있는 부처나 보살을 보지 못하고, 관념으로 굳어진 하느님 때문에 우리들 이웃에서 살아 숨 쉬는 진짜 하느님을 만나지 못한다는 말이다.

종교의 나라 인도를 여행하면서 한결같이 느낀 점은 그들에게 있어 종교란 공기와도 같은 존재라는 사실이다. 종교 없이는 살아갈 수 없는 그들이므로 그토록 가난하면서도 궁기를 풍기지 않고 낙천적일 수 있다고 생각했다. 폭력을 싫어하는 온유한 성품도 그들의 신앙생활에서 우러난 자연스러운 몸짓일 거라고 여겨졌다."

(법정. 인도기행. 샘터. pp.84~85)

평소에 종교에 대하여 말하고 싶었으나 말 할 수 없었던 나의 '고통'을 이렇게 속 시원하게 풀어주시니 가슴이 후련하다. 이 책을 만난 것은 스승을 만난 것이라는 생각이 든다. 이렇게 길을 아는 스승으로부터 길을 인도받아 인도를 가면 나도 스승의 길을 절반이라도 따라갈 것 같은 기분에 가슴이 뿌듯해진다. 내가 인도를 간다면 스님이 느끼신 '인도냄새'를 맡으며 인도의 인간적인 맛과 멋, 그리고 달관의 종교를 가슴 한 아름 담아올 수 있을 것 같다.

단풍丹楓

단풍의 계절이다. 우리나라같이 사계절이 뚜렷한 지역은 정말 심심하지 않다. 문밖에만 나가면 언제나 아름답게 변화하는 자연을 볼 수 있기 때문이다. 계절 변화의 대표지수는 나무다. 봄에는 새싹의 연초록, 여름엔 짙푸른 녹음綠陰, 가을엔 찬란한 단풍丹楓이 된다. 늘 그 자리에 있으면서도 계절 따라 예쁜 옷을 갈아입는 나무들, 이상하게도 겨울엔 옷을 벗지만 대신 하얀 백설白雪로 가지마다 '솜옷'을 입는다.

나무들은 자연스레 바람을 탄다. 바람을 호흡하며 저마다 아름다운 향기를 낸다. 봄에는 봄바람 꽃향기, 여름엔 신록의 향기, 가을엔 열매의 향기. 나무는 바람을 잘 활용할 줄 안다. 바람을 받아들이되 고도의 조정력을 발휘하여 아름답게 승화시킨다. 봄

바람을 받아 꽃과 잎을 피우고, 여름바람을 받아 건강하게 자라고, 가을바람으로 잎을 아름답게 물들여 대지에 수채화를 그린다.

나는 사전에서 '단풍'이라는 단어를 찾아보고 새삼 '단풍의 철학'을 발견한 것 같은 희열을 느꼈다. 사전에 보니 단풍의 漢字는 丹楓이다. 붉을 丹, 단풍 楓이다. 풍楓자 만으로도 단풍이라는 의미지만 붉을 단丹자를 덧붙여 '붉은 색의 나뭇잎'이라는 것을 확실히 나타내고 있다. 그럼 노란색으로 물든 은행잎은 단풍이라고 할 수 없는가? 아마도 '황풍黃楓'이라는 어휘가 없는 것을 보면 가을에 물든 잎들은 붉은 색이 아니라도 통상 단풍이라고 쓴다는 것을 유추할 수 있다.

그리고 단풍丹楓이라는 어휘에 들어있는 '풍'자의 의미가 내 '생각의 걸음'을 또 한 번 멈추게 한다. "나무木에 바람風이 든 것이 단풍楓이라. 그렇다면 우리 인생에 바람이 들면 어떻게 될까?"

우리네 인생도 나무처럼 바람을 탄다. 그러나 인간은 바람에 대한 조정력이 매우 약하다. 사람이 봄바람이 들면 눈에 콩깍지가 씌어 배우자의 선택을 바로 하지 못한다. 낭만이라며 연애를 즐기다가 인생을 허비하기 쉽다. 사람이 여름의 모진 비바람을 만나면 인생길을 헤쳐 나가기가 쉽지 않다. 불굴의 의지와 조정력을 발휘해야한 좋은 인생길을 갈 수 있다. 사람이 가을바람을 만나면 외롭고 쓸쓸해져서 삶이 애달프고 서글퍼진다. 가장 무서운 것은 사람이 사람에게서 바람을 맞는 것이다. 사랑하던 사람으로부터 바람을 맞으면 거의 죽을 지경이 된다. 건강이상健康異常으로 신체에 바람을 맞으면 무서운 중풍中風이 된다.

　나무들은 바람을 잘 활용하여 건강하게 오래 산다. 사계절 온갖 자태로 아름다움을 선사한다. 사람은 바람을 잘 활용하지 못해 늘 괴로움을 겪으며 '바람 부는 대로 물결치는 대로' 허둥댄다. 그래서 사람은 나무를 보고 나무가 바람을 어떻게 맞이하고 어떻게 승화하는 가를 보고 나무의 철학을 배워야 한다. 움직이지 못하면서도 인간보다 더 유연하고 인자한 나무, 곧 떨어질 잎일지라도 아름다운 색깔로 물들이는 나무, 오늘 창밖의 단풍을 바라보며 나도 저 나무들처럼 온갖 바람 잘 승화하여 아름답게 살아야 하겠다는 바람을 갖는다. 좀 늦긴 하지만……

'문화경제론'

경제가 어렵다고들 야단이다. 어렵다, 어렵다 하니 심리적으로 더욱 어려운 것 같기도 하다. 환율이 어떻고, 부동산이 어떻고, 생산이 어떻고, 소비가 어떻고…… 전문가들의 분석도 끊임없이 쏟아진다. 그런데 이상한 것은 그러한 분석에는 언제나 인간과 문화가 배제된다는 점이다. 인간이 있고, 문화가 있고, 경제가 있는 것이 순서인 것 같은데 언제나 경제 그 자체, 더 줄이면 '돈'과 '돈의 흐름'을 가지고 설왕설래하고 있다.

사실 경제의 의미를 잘 뜯어보면 원래는 '인간을 구제하는 것'이다. 經世濟民 즉, 세상을 잘 다스리고 백성을 구제한다는 뜻이다. 영어의 이코노미economy도 '효율', '절약'의 뜻이 강하다. 따라서 경제란 의미상으로 세상의 자원을 잘 다스려 백성을 인간답게 살게 하는 것이다. 또 그렇게 하기 위해서 국가는 백성들이 저마다 의욕적으로 일할 수 있도록 여건을 조성하고, 내일을 위해 절약, 저축할 수 있는 정책을 펴야하는 것이다.

그러나 경제는 정부만 책임질 일은 아니다. 국민 각자가 경제의 본질적 의미를 깨우치고, 경제와 인간과 문화를 제대로 인식하고, 올바른 경제를 실천해야만 제대로 된 경제가 살아날 수 있다고 본다. 경제는 '심리경제'와 실물경제, 화폐경제 등으로 구분할 수 있을 것 같다. 우리나라는 1960년대 이후 정부의 의욕적 경제개발정책으로 실물경제와 화폐경제가 큰 성장을 이룩했다. 여기에는 '심리경제'의 영향이 크게 작용했다. 정부는 근면, 자조, 협동과 저축을 강조하며 "우리도 한번 잘살아보자"고 용기를 북돋았다. 그래서 그런지 그 이후로 실물경제와 화폐경제가 늘어나서 우리나라는 2000년대에 중진국 수준에 올라서게 되었다.

그런데 '심리경제'에 문제가 생겼다. 경제를 '소아적 경쟁'으로 여기게 되면서 근면 자조 협동의 정신이 퇴화돼 버렸다. 부자는 점점 더 가지려고 재산을 굴려 편법적 '뻥튀기'를 일삼았다. 주가조작, 부동산투기, 탈세, 쌀직불금 부당 수령에 이르기까지 온갖 사회문제를 일으켰다. 절약과 저축정신도 퇴보되었다. 저축은 내일을 대비하는 가장 믿음직하고 행복한 수단임에도 불구하고 '편법부자'들의 재산 '뻥튀기'를 목도하면서 점점 의욕을 잃어가고 있다. 서민이 아무리 저축해도 희망이 보이지 않는 상태가 된 것이다.

이렇게 된 근본적 요인은 바로 경세제민과 이코노미의 근본정신을 왜곡한데 있는 것으로 생각된다. '경세제민'과 '이코노미'는 본질적으로 인간성에 바탕을 둔다. 다시 말해 경세제민은 인간존중, 백성존중의 정신위에 기반하고 있다. 따라서 물질적 부의 생산과 축적의 근원에는 항상 '인간의 행복'이 그 중심자리에 있어야 한다. 그런데 인간을 중심에서 밀어내고 물질과 돈이 그 자리를 지배해 버렸으니 혼란에 빠지지 않을 수 없다.

이제 '어려운' 경제난국을 타개하기 위해서는 정부도 개인도 경제의 본질을 먼저 인식해야 한다. 인간을 먼저 생각하는 경제, 문화를 먼저 생각하는 경제를 회복해야 한다. 인간이 살고 있고, 살아가야 할 지구환경을 생각하는 경제, 서민이라도 내일을 위해 희망을 가질 수 있는 공정한 룰의 경제, 히말라야의 라다크 사람들처럼 콩 한 톨이라도 이웃과 나누어 먹으며 행복을 실천하는 '아름다운 경제'가 살아나야만 한다. 물질적 이해득실의 테두리에서만 맴돌며 서로 싸울 것이 아니라, 당장 눈앞의 효과나 꼼수를 찾으려 할 것이 아니라, 국민의 행복지수를 높여줄 수 있는 보다 원대한 인간적, 문화적 경제를 살려내야 한다.

2009년 새해의 경제는 국민 모두가 '인간경제', '문화경제'를 살리는 데 노력해야 한다. 어렵다는 말에 부화뇌동하여 의기소침할 것이 아니라 저마다 제자리에서 자기의 할일을 찾아 능동적으로 열심히 일해야 한다. 돈이 되건 안 되건 서로 도와주는 일에 솔선해야 한다. 아무리 어렵다 해도 우리나라에 이제 절대빈곤은 없다고 본다면 경제난국의 타개는 우리의 마음먹기에 달려 있다고 생각된다. "어렵다", "2009년에는 더 어려울 것이다."라는 말에 위축되지 말고 부처님의 자비, 예수님의 사랑의 정신으로 '인간경제'와 '문화경제'를 다함께 살려내야 한다.

남에게 행복을 주는 사람은

1. 남에게 웃음을 주는 사람은

웃음은 기쁠 때 나오는 게 보통이지만 그렇지 않은 경우에도 나온다. 마음이 즐거우면 저절로 미소가 나온다. 개그맨들이 웃길 때는 사람에 따라 '깔깔깔' 또는 '하하하' 웃는다. 어른들은 인간관계상 '허허허' 너털웃음을 잘 웃는다. 말 같지 않은 말을 들을 땐 '피-' 하고 비웃음(조소)이 나온다. 기대했던 일이 수포로 돌아가면, 예를 들어 축구경기에서 넣을 수 있는 골을 넣지 못한 선수는 아쉬워 쓴 웃음을 짓는다.

남에게 웃음을 주려면 비웃음이나 쓴 웃음을 주어서는 안 된다. 남을 조금이라도 즐겁게 해서 저절로 미소를 짓게 만드는 것이 바람직하다. 웃음치료는 곧 남에게 즐거움을 주어 웃게 함으로써 마음의 병을 덜어주는 활동이다. 억지로라도 웃게 하고, 그 웃음이 습관화 되게 하면 치료효과가 있는 것이다. 그러나 너무 실없이 시도 때도 없이 "히히."웃게 하면 더 심각한 정신적 문제가 될 수 있다.

웃음을 주는 것만으로는 상대에게 감동을 주거나 행복을 주지는 못한다. 개그를 보면 일시적으로는 웃게 되나 개그가 감동을 주는 경우는 드물다. 또한 개그를 보고 행복을 느끼는 경우는 거의 없을 것 같다. 그렇지만 남에게 웃음을 주는 것은 남을 즐겁게 하는 것이므로 일단 좋은 일이다. 일상생활에서 유머가 필요하고 경영에서도 유머가 필요한 이유는 일단 상대방을 웃게 함으로써 인간적 친화력을 높일 수 있기 때문이다. 이러한 친화력은 서로 마음의 문을 열 수 있다는 점에서 매우 유용하다. 마음의 문을 열면 무슨 일이든 다 잘 풀릴 수 있다. 남에게 웃음을 주는 사람은 스스로도 웃게 되어 행복에 이르는 단초를 연다. 다만 교언영색巧言令色, 속임수가 숨어 있는 웃음은 조심해야 한다.

2. 남에게 감동을 주는 사람은

감동感動은 '감정感情이 인간답게 움직이는動 것'이다. 감동은 아무 때나 오지 않는다. 스스로 미소를 짓고 남을 웃겨도 그것이 감동으로 연결되기는 어렵다. 감동은 어떤 사람의 마음과 행동이 따뜻하여 다른 사람을 인정하고, 배려하고, 정성스럽게 보살필 때 느껴진다. 좋은 책을 읽으면 감동을 받는 경우가 많다. 좋은 영화를 보면 감동을 받는 일이 더러 있다. KBS 텔레비전 '인간극장'의 주인공들은 시청자들에게 감동을 주는 경우가 많다. '인간극장'의 어떤 장면을 보고 있자면 눈물이 나온다. 감동은 웃음보다는 눈물로 연결된다. 감동에서 나온 눈물은 휴머니즘의 산물이기에 공감共感을 넘어 자기반성自己反省으로 이어질 수 있다.

경영에서도 '고객감동' 이라는 말을 쓰고 있다. 고객을 감동시켜 '한번 고객을 영원한 고객'으로 만들어야 한다는 것이다. 고객감동의 경영을 하려면 경영자와 구성원들 모두가 진실과 합리를 바탕으로 서로를 존중하고, 배려하고, 헌신적으로 보살펴주어야 한다. 이러한 조직 내부적 인간관계가 있어야만 고객을 존중하고, 배려하고, 헌신적으로 보살펴 고객에게 감동을 줄 수 있을 것이다. 따라서 고객감동의 경영이 말은 쉽지만 실행하기가 어려운 것이다.

남에게 감동을 주는 사람은 일부러 "지금부터 감동을 주어야지."하고 미리 마음먹고 실행하는 경우는 드물다. 오히려 그렇게 미리 마음먹고 하는 행동은 가식적일 수 있다. 감동을 주는 행동은 자신의 인간경영에서 스스로 깨달아 자연스럽게 나오는 것이 진짜다. 다만 경영자는 구성원들이 인간경영을 잘하도록 북돋아주는 것이 좋다. 굳이 '감동경영'이라는 캐치프레이즈를 내걸지 않더라도 구성원들이 감동경영을 실천할 수 있는 분위기와 여건을 조성해주는 것이다.

남에게 감동을 주는 사람은 자기관리를 잘하는 사람이다. 먼저 자기부터 잘 다스려야 남을 도와줄 힘이 생긴다. 자기를 잘 관리하지 못하는 노숙자들은 남을 도와줄 힘이 없기에 남에게 감동을 주지 못한다. 남에게 감동을 주는 사람은 스스로도 보람을 느껴 행복에 이르는 튼튼한 다리를 놓는다.

3. 남에게 행복을 주는 사람은

행복은 복합적이다. 또 사람마다 개인의 가치관에 따라 다르다. 쾌락을 행복으로 보는 사람, 돈이 많으면 행복하다고 여기는 사람, 높은 관직에 오르면 행복하다고 생각하는 사람 등 행복의 기준과 조건은 가지각색이다. 그러나 공통점이 있다면 '정신적으로도 물질적으로도 괴로움이 없는 상태'라고 할 수 있을 것이다. 나아가서 보다 적극적으로는 '삶이 항상 즐겁고 보람이 있다고 느

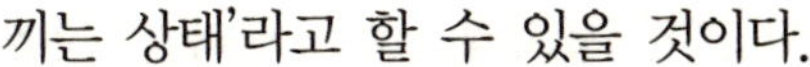

끼는 상태'라고 할 수 있을 것이다.

이러한 행복의 기반은 앞서 언급한대로 즐거움에서 오는 환한 웃음이 필수이다. 행복한 사람은 콧노래와 미소가 절로 나온다. 행복한 사람은 울지 않는다. 우는 경우가 있다면 가족이 저승으로 돌아갈 경우이다. 아무리 행복을 느끼는 사람이라도 가족을 여의면 그 때만큼은 불행하다. 감동을 받아서 우는 경우도 있다. 감동을 받아서 우는 것은 '행복한 울음'이다. 울음도 행복에 꼭 필요하다. 눈물이 메마른 사람은 감동을 받기 어려워 행복을 느끼지 못할 것이다. 반가워서 울고, 고마워서 울고…… 이런 눈물은 순수한 '행복의 눈물'이다.

남에게 행복을 주는 사람은 행복한 사람이다. 행복을 주려면 유머와 위트로 즐거운 웃음을 주고, 헌신적인 봉사로 감동을 주어야 한다. 남을 정신적 물질적으로 건전하게 살 수 있도록 최선을 다해 도와야 한다. 부모는 아들딸들에게 모든 것을 바쳐 행복하게 살도록 도와준다. 아들딸들이 부모의 뜻을 받들어 저마다 행복하게 잘 살면 부모님께 행복을 드린다. 스승은 제자가 올곧고 행복하게 살도록 힘쓴다. 제자들이 스승의 뜻을 받들어 스승보다 더 훌륭하게 되면 스승께 행복을 드린다. 서로가 서로에게 행복을 주는 사람이 되면 행복이 두 배가 된다. 한쪽에서만 행복을 주면 행복은 절반으로 줄어든다. 사회적으로 남에게 행복을 주는 사람은 남을 헌신적으로 도와주는 사람들이다. 얼마나 행복을 주는가는 도움 활동의 정도에 달려 있다. 그 활동의 정도에 따라 스스로의 행복 지수도 달라질 것이다. 우리 모두 서로 도와 행복하게 살아보아요.

시간이 가는 걸까,
인생이 가는 걸까

우리 인간이 시간과 공간 속에 살고 있음을 의심하는 사람은 없을 것이다. 누구나 존재하는 그 자리에서 그렇게 시간을 보내며 살고 있기 때문이다. 인간 뿐 아니라 세상의 모든 사물은 시공간적 존재이다. 지구, 산과 들, 나무, 인간, 동물 어느 것 하나 시간과 공간을 초월하여 존재할 수는 없다. 이는 당연한 '물리(물질의 이치)'라 하겠다. 그런데 또 자네 무슨 소리 하려고 그 당연한 '물리'를 끄집어내는가?

우리는 당연하다고 생각하는 '물리物理'에서도 다른 각도에서 생각해보면 오류일 수도 있음을 경험해왔다. 예를 들어 천동설이 그렇다. 지구는 가만히 있는데 지구를 중심으로 하늘이 돌아간다는 이론이 '천동설天動說'이다. 그런데 그러한 당연하다고 생각했던

‘물리’의 법칙이 갈릴레오와 코페르니쿠스에 의해 태양太陽을 중심으로 지구가 돌아간다는 새로운 ‘물리’, 즉, 지동설地動說로 선회한 것이다.

사람들은 항상 자기중심적으로 생각하며 살아간다. 그러나 타자의 입장에서 생각하면 더욱 행복할 경우가 많으며, 진리眞理에 접근할 기회가 많아진다는 생각을 가끔 한다. 위의 천동설은 인간이 위치하는 자리, 즉 지구의 입장에서 나온 이론이다. 그러나 지동설은 지구 밖 다른 천체天體의 입장에서 ‘역지사지易地思之’한 결과 발견한 진리인 것이다.

그렇다면 지금 우리가 믿고 있는 시간과 공간사물의 이치도 ‘역지사지’로 생각해보면 어떨까? 우리는 시간이 가고 있어 인간과 사물이 변하고 있다고 생각한다. 다시 말해서 시간이 고정되어 있다면 사물에 변동이 일어나지 않을 것으로 생각하는 것이다. ‘그 놈의 세월’ 때문에 늙어가고, 세월이 지나면 새 것도 헌 것이 되고, 그래서 시간이 움직이고 있어 사물이 변한다는 ‘자기중심적’ 생각을 하고 있는 것이다.

그런데 역으로 시간은 가만히 있는데, 인간과 사물이 움직여 돌아가고 있다고 생각해보면 어떨까? 그렇게 생각하면 지구물리학에서 ‘천동설’로부터 ‘지동설’로 진리가 바뀌었듯 ‘시공간의 물리학'에서는 '시동설時動說'에서 '물동설物動說'로 선회되지는 않을 까? 생각할수록 의문이 인다. 무슨 '종페르니쿠스(종권+코페르니쿠스)' 적인 발상인지는 몰라도 한번 심각하게 사유해볼 가치가 충분히 있다고 여겨졌다.

하루살이day fly는 '하루를 살아도 행복할지' 모른다. 하루살이에 게 하루는 100년일지도 모른다. '하루'라는 시간은 인간이 정한 것에 불과하다. 따라서 인간이 인간 중심으로 정한 시간은 모든 사물에 일반화시킬 수 없다. 거북이가 1천년을 산다고 거북이 입 장에서 너무 오래 살았다고 할 것인지도 인간으로서는 알 수가 없다. 이렇게 볼 때 시간은 인간이 인간중심으로 편의상 정한 것 으로서 모든 '물리세계'에 통용되는 '진리성'이 있다고 보기는 어 려운 것이다.

이렇게 생각을 전개해보니 정말 우리 인간은 우주 속에 하루살 이 같은 '한 점'이라는 것, 우주는 우리 인간이 상상할 수 없을 만 큼 수십 수백 억 만겁의 세월동안 그냥 그렇게 존재하고 있다는 것, 다만 움직이는 것은 우주공간에 있는 인간과 사물이며 그들 끼리 설치고 다니면서 '호들갑'을 떨지만, 우주에서 볼 때는 거 대한 허리케인도 '찻잔 속의 태풍'에 불과할 것이라는 상상이 왔다.

  그런데 이러한 '기발한' 나의 상상은 석가모니 부처님이 이미 깨닫고 반야심경으로 설파하신 진리라는 것을 알고 나니 다소 허탈감이 왔다. 그리고 위대한 선각자의 통찰을 제대로 배우고 실천하지 못한 점이 부끄러워진다.

  "생生과 사死가 하나요, 공空과 색色이 다르지 않으니, 있는 것도 아니고, 없는 것도 아니고, 제행무상諸行無常, 제법무아諸法無我라, 일체유심조一切唯心造니라. 시간은 수십억 만 겁 다하도록 그냥 그렇게 있는 것이니 우리 인간들이 자등명自燈明하여 우주와 한 몸 되어 서로 보시하고, 모든 생명 존중하며 영원히 살아가야 되느니라. 이것이 곧 극락세계니라."

내 인생의 '백미러'

　모든 차량에는 운전석의 중앙과 좌우 날개에 백미러가 있다. 눈으로 안 보이는 차량의 후면 상황을 파악하여 차선을 바꾸거나 속도를 조절하는데 꼭 필요하기 때문이다. 만일 우리 머리의 뒤통수에 눈이 단 한 개라도 열려 있다면 이러한 백미러는 필요가 없을 것이다. 그러나 사람은 앞에만 눈이 열려 있어 후면을 보려면 고개를 180도 돌려야하므로 차량에 백미러가 있는 것은 매우 유용하고 필수적인 것이라 하겠다.

　차량은 길을 편하고 빨리 가기 위한, 그러면서도 안전하게 가기 위한 하나의 도구vehicle이다. 그래서 온갖 기계장치와 안전장치가 붙어 있으며 그중에 백미러는 가장 '눈에 띄는' 안전장치인 셈이다. 그러나 백미러만으로는 보이지 않는 사각지대도 존재한다. 그래서 이중백미러가 등장했다. 이중 백미러는 원래의 백미러에 또 하나의 볼록렌즈를 붙여 사각지대를 보이게 하는 장치이다. 그리고 요즘에는 백미러보다 더욱 진보한 디지털 디스플레이가 장착된 차들이 등장했다. 이는 차량 뒤의 상황을 카메라에 잡아 액정화면에 그대로 보여주기 때문에 뒤통수에 붙은 눈과 동일한 효과를 낸다.

그런데 가부좌를 틀고 앉아 잘 생각해보니 우리 인생길은 차량이 가는 것이 아니라 결국 우리 스스로 가는 것이라는 것을 깨달을 수 있을 것 같았다. 세상의 모든 길, 이 길, 저 길 모두 우리 인생만이 갈 수 있는 게 아닌가. 차량은 우리 인생길을 편하게 가기 위한 도구에 불과하다. 따라서 어떤 도구를 이용하든 결국 우리는 인생길을 가고 있는 것이다. 그랜저로 가든 벤츠로 가든 결국 우리는 안전하고 보람 있는 인생길을 가야 하는 것이다.

생각이 여기에 이르니 백미러는 차량에만 붙어 있어야 하는 것이 아니라 정작 우리자신에게 붙어 있어야 할 필수 도구라는 것을 알게 되었다. 인생의 백미러는 인생을 되돌아보는 거울이다. 지나온 인생길을 돌아보고 반성하는 거울, 그 거울을 통해 시야에 전개되는 아름다운 인생차선을 안전하게 선택하며 달려 나아갈 수 있다.

인생의 백미러로 내 인생을 되돌아보니 지금까지 위험한 고비
도 많이 있었음을 알 수 있었다. 음주 운전으로 비틀거렸을 때도,
깜박이를 넣지 않고 차선을 바꿨을 때도, 무리하게 다른 인생을
의기양양하게 앞질렀을 때도, 다른 인생이 내 인생 길을 가로막
고 약을 올리며 희롱할 때도, 정말 여러 가지 상황들이 있었음을
회상할 수 있었다. 그래 이제부터는 백미러를 잘 보며 앞으로의
인생길을 안전하고 보람 있게 달려야겠다. 10년이 되어가는 내
EF소나타로 안전하고 편리하게, 차량백미러와 내 인생의 백미러
를 함께 장착하고 내일도 모래도 유유히 저 지혜로운 우주를 향
해 달려 나가야겠다. 야- 훠!

종교의 포용력

종교는 세상 모든 사람들에게 평화와 행복을 주기위해 창립된 하나의 사회제도라 할 수 있다. 그렇다면 모든 종교는 당연히 세상 사람들에게 평화와 행복을 주어야 마땅하다. 그러나 과연 그럴까? 생각하건데 세상 모든 사람들에게 고루 평화와 행복을 주는 종교는 아마도 없는 것 같다. 예를 들어 기독교는 기독교인들에게, 불교는 불교인들에게 평화와 행복을 줄지 모르지만 기독교가 불교인에게 불교가 기독교인에게 평화와 행복을 주지는 못하는 것 같다. 즉, 특정 종교는 그 종교를 믿는 신도들에게는 부분적으로 평화와 행복을 줄지 몰라도 그 종교를 믿지 않는 사람들에게는 평화와 행복을 주지 못한다는 것이다. 왜 그럴까?

필자는 얼마 전 충북 단양의 구인사를 가 볼 기회가 있었다. 구인사는 한국 천태종의 본산으로 규모가 매우 큰 절이다. 산의 한 골짜기를 따라 웅장한 사찰 건물이 계속 나타났다. 사찰을 오르는 길을 따라 양편으로는 온갖 들꽃과 철쭉, 향기로운 라일락이 연초록의 빛깔과 어우러져 평화롭고 예쁜 수채화를 그려내고 있었다. 그런데 구인사입구에서 필자는 우연히도 기독교에 입문한 지 1년 반 되었다는 관광객을 만났다. 그 분과 구인사 도량을 동행하며 이런 저런 이야기를 나누어보았다. 그 분은 5년 전 가족을 사별하고 갈길 몰라 방황하다가 먼저 사찰을 찾았다고 한다. 그런데 그의 예상과는 달리 그를 대하는 불교인들은 하나같이 무관심하였다고 한다. 대화 한마디 나눌 수 있는 여유도 주지 않고 각자 자기기도 챙기고 뿔뿔이 흩어지더라는 것이다. 몇 달을 절에 다녀도 무관심하기는 마찬가지여서 허탈감을 안고 교회로 발길을 돌리게 되었는데 교회에 가보니 교인들이 모두 친절하고 성의 있는 대화상대가 되어주고 아픔을 위로하며 보듬어 주더라는 것이다.

모두 맞는 말 같았다. 필자가 느끼기에도 불교인들은 대부분 다른 신도에 대해 무관심한 것이 사실이다. 초심자들이 스님에게 말 붙이기도 쉬운 일이 아니다. 스님을 만나서 인사를 하면 그저 묵묵부답이다. "어떻게 잘 지내십니까? 요즘 어려운 점은 없는지요?" 이 한마디 인사에 매우 인색하다. 불교인들이 마음속으로는 세상을 달관하고 깨달았을지 모르지만 겉으로 드러나는 인간관계에서는 남을 배려하는 모습이 좀 부족한 것 같다. 느끼기에 따라선 "나는 수행을 많이 해서 자네 머리꼭대기에 있네. 보아하니 자네 아직 멀었군. 불교인이 되려면 스스로 알아서 잘 깨달아보게" 꼭 이런 분위기로 비쳐지기 십상인 것이다.

종교는 가장 높은 가르침인 만큼 무릇 종교인이라면 중생에 대한 태도에 있어서도 포용력을 보여주는 것이 마땅할 것 같은데 많은 종교인들의 외향적 모습은 또 다른 아집 속에 갇혀있는 것처럼 느껴지니 이는 필자만의 편견일까? 기독교인이라고 예외는 아니다. 겉으로 드러내는 친절 그 이면에는 그들 나름대로의 또 다른 벽으로 정신 무장을 하고 있어 다른 종교인을 포용하지 못한다. 처음 입문하는 사람에게 친절하게 대하는 것처럼 다른 종교인에게도 배려하고 친절하게 대하는 종교가 된다면 참 이상적이겠지만 그런 종교는 세상 어디에도 없는 것 같아 허탈하다.

그래서 필자는 가장 이상적인 종교와 종교인의 기준을 생각해 보았다. 아무리 생각해 보아도 모든 중생을 행복과 평화, 극락과 천당으로 인도하겠다는 종교의 평가기준은 '포용력'이 아닐까 생각되었다. 포용력은 작은 포용력도 있고 큰 포용력도 있을 것 같다. 초심자를 친절하게 대하여 보듬어 안는 것은 작은 포용력이다. 다른 종교인 까지도 인정하고 크게 보듬어 융화하는 것은 큰 포용력이다. 중생을 구제하려면 작은 포용력도 필요하고 큰 포용력도 필요하다.

　이러한 점에서 불교는 작은 포용력이 부족하다. 이러한 점에서 기독교는 작은 포용력이 넘친다. 이러한 점에서 불교는 큰 포용력이 조금은 있다. 이러한 점에서 기독교는 큰 포용력이 좀 부족하다. 따라서 불교인들은 절에 찾아오는 초심자에게 관심과 배려를 베풀어야만 작은 포용력을 확보할 수 있다. 따라서 기독인들은 다른 종교인에 대해서도 큰 마음으로 인정하고 배려하고 함께 보듬어야만 큰 종교가 될 수 있을 것이다.

　인간은 언제나 자기만의 아집에 빠지기 쉬운 동물인가 보다. 아무리 색안경을 벗었다고 자처해도 내면의 색안경은 벗지 못하고 있다. 이것은 종교인이든 아니든 정도의 차이는 있더라도 아마 오십보백보가 아닐지. 큰 그릇이라야 작은 그릇을 담을 수 있듯이 종교도 종교인도 큰 종교 큰 종교인이라야 다른 종교 다른 종교인을 포용할 수 있을 것 같은데 아직 그런 종교와 종교인을 보기 어려우니 이런 생각이 오히려 망상일까? 그래도 불교와 불교인에게 하고 싶은 말은 "초심자를 좀 친절하게 배려하고 보듬어 큰 그릇으로 만들어 주십사" 하는 것이다. 그래도 기독교와 기독교인에게 하고 싶은 말은 "다른 종교와 종교인을 포용하는 큰 그릇이 되어 주십사" 하는 것이다.

내 마음의 내시경

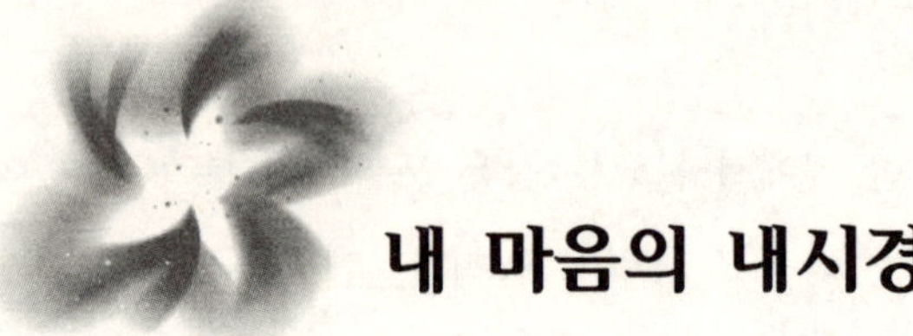

　인간은 옛날 옛적에 거울을 발명했다. 구리거울로부터 유리거울까지, 그리고 확대경에서 축소경까지, 카메라에서 캠코더까지, 망원경에서 현미경까지 모두가 거울이 발전한 것이다. 인간의 형상은 어느 거울로 보느냐에 따라 다르게 나타난다. 소인이 되기도 하고 거인이 되기도 하며, 추하게 보이기도 하고 예쁘게 보이기도 한다. 거울은 인간이 스스로를 비추어볼 수 있는 점에서 참 좋은 물건이다. 거울이 없으면 얼마나 답답할까?

　우리는 육안으로는 보이지 않는 곳이 너무 많아 불편을 느낀다. 옆 좌우 180도 방향에서부터 뒤 부분은 '도리도리' 하지 않으면 아무것도 볼 수가 없다. 그래서 우리 뒤통수에 눈이 하나쯤 달려있다면 참 좋겠다는 생각을 해본다. 내 자신의 구석구석, 물건

의 구석구석을 볼 필요가 있을 경우 중간 손가락이나 약손가락중
의 한곳에 작은 눈이 붙어 있다면 참 편리하겠다는 황당한 생각
도 해 본다. 그러나 그것은 인간이 돌연변이로 진화하지 않는 한
불가능하다.

그런데 육안으로는 보이지 않으나 보이는 거울이 또 하나 있으
니 곧 마음의 거울이다. 각자의 마음은 저마다의 내면의 거울이
다. 마음으로 자신을 보고 반성하고 용기를 얻기도 한다. 마음을
거울처럼 잘 가지면 자신을 잘 조정할 수 있다. 종교에서는 마음
을 제일 중요하게 여긴다. 어느 종교든 마음을 잘 다스리는 법을
가르친다. 마음공부를 열심히 하라고 한다. 조물주에게 의지하
던, 스스로 깨닫게 하던 모두가 마음을 잘 다스리라고 한다. 마음
공부는 마음을 닦는 일이라 한다. 그런데 마음은 구체적으로 보
이지 않으니 어떻게 닦아야 하는지. 비누나 하이타이로는 마음을
닦을 수가 없다. 세수하듯이 마음을 씻을 수도 없고 거울을 닦듯
이 헝겊으로 마음을 닦을 수도 없다. 그러면 무엇으로 마음을 닦
아야 할까?

곰곰 생각해보니 마음을 닦는 도구는 마음 스스로인 것 같다.
마음이 마음을 닦아야 하는 것이다. 마음이 아니고는 마음을 닦
는 수단이 없다. 어떤 물건으로도 마음을 닦을 수는 없다. 간혹

예쁜 꽃이나 시원한 녹음綠陰, 잔잔한 호수, 푸른 하늘이 마음을 정화시켜줄 수는 있어도 이는 일시적인 현상일 뿐이다. 또 마음이 삐뚤어진 사람은 꽃과 신록과 호수를 보아도 마음이 닦여지지 않는다. 그래서 마음을 닦을 수 있는 수단은 바로 그 마음 자체라는 것이다. '이심정심以心靜心'인 것이다.

마음이 마음을 잘 다스리는 사람은 좋은 사람이다. 불교인이건 기독교인이건 마음을 닦는 공부가 최고 좋은 공부라 말한다. 부처님은 불교인의 마음을 다양하게 말씀하시며 사람들을 깨우치셨다. 불경은 부처님의 미음이 말씀으로 표현된 것이다. 예수님은 기독인의 마음을 다양하게 말씀하시며 사람들을 교화하셨다. 성경은 예수님의 마음이 말씀으로 표현된 것이다. 부처님의 마음, 예수님의 마음은 결국 우리 마음의 거울보다 더 큰 거울이다. 부처님은 자비라는 마음의 거울을 비추시고, 예수님은 박애라는 마음의 거울을 비추신다. 부처님의 거울과 예수님의 거울은 우리 마음의 문을 열 때라야 잘 보일 수 있다. 부처님이 우리의 마음을 맑고 밝게 비쳐주려고 해도 우리의 마음이 빗장을 걸고 있으면 마음의 거울이 닦아지지 않는다.

그래서 부처님 앞에 나가기 전에 우리는 먼저 마음의 문을 열 필요가 있다. 마음의 문은 곧 양심일 것이다. 양심은 좋은 마음,

인간적인 마음으로서 다른 사람들과 화합하는 마음이다. 양심이 부족한 사람은 타인과 화합하기 어렵다. 양심이 있어야 가정생활도, 직장생활도, 사회생활도 긍정적으로 받아들일 수 있다. 양심이 있어야 경전의 말씀도, 성경의 말씀도 긍정적으로 받아들일 수 있다. 경전의 말씀, 성경의 말씀을 긍정적으로 받아들일 수 있어야 마음의 거울을 밝게 닦아 세상 만물의 이치를 잘 보고, 그 이치대로 올바르고 멋진 삶을 살아갈 수 있다. 잘 닦여진 내 마음은 나의 내시경이다. 마음의 내시경은 온갖 사물과 정신의 면모를 잘 파악하고 병 없이 행복하게 살 수 있도록 해준다.

마음에 좋은 내시경을 갖춘 사람은 뒤통수에 눈이 하나 있었으면 좋겠다는 얄궂은 생각을 할 필요가 없다. 마음으로 다 볼 수 있을 것이기 때문이다. 마음에 좋은 내시경을 갖춘 사람은 가운데 손가락에 작은 눈이 하나 있었으면 좋겠다는 엉뚱한 생각을 할 필요가 없다. 마음의 내시경으로 나와 남을 속속들이 다 볼 수 있을 것이기 때문이다. 양심을 가지고 불경을 공부하는 것은 내 마음의 내시경을 맑게 만들어가는 과정이다. 양심을 가지고 성경을 공부하는 것은 내 마음에 내시경을 밝게 만들어가는 과정이다. 내 마음의 내시경, 내가 아니면 누가 만들랴!

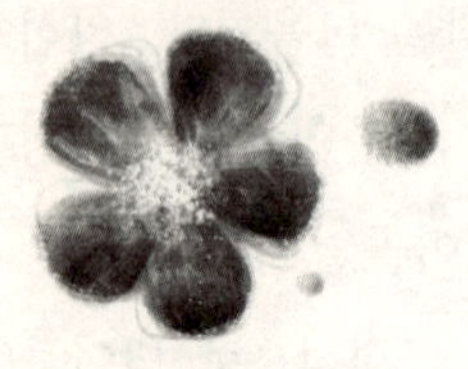

'지혜의 공간'인가,
'공간의 지혜'인가?

지혜는 어디에서 나오는 것일까? 이러한 의문에 대한 가장 상식적인 해답은 "지혜는 인간의 머릿속에서 나온다."일 것이다. 그러나 좀 더 깊이 생각해보면 인간의 머릿속에서 모든 지혜가 나온다는 것은 명쾌한 해답이 될 수 없음을 느끼게 된다. 물론 한 사람 한 사람의 지혜는 각자의 머리에서 나올 것이다. 그러나 그들이 머릿속에서 그려낸 지혜의 근원, 즉 보다 근원적인 '지혜의 원천'이 있을 것이기 때문이다.

그러한 지혜의 원천은 인간을 포함한 넓고도 깊은 우주의 시간과 공간이라고 생각된다. 그러나 여기서 도출되는 제 2의 의문은 "이 무한한 우주공간에서 지혜는 어디에 들어 있을까?"라는 것이다. 다시 말해 지혜는 우주공간에서도 일부에만 있는 것인가, 즉

'지혜의 공간'이 한정되어 있는 것인가, 아니면 우주공간 전체에 지혜가 충만해 있어 우주 모두가 '공간의 지혜'인가 하는 것이다. 이렇게 의문을 제기하면서 넓은 창공을 바라보니 정답은 바로 "우주공간은 지혜로 충만하다."라는 것을 감 잡을 수 있을 것 같다.

인간이 역사를 시작한 후 5000년 이상 수많은 현철, 학자들이 저마다 지혜의 말씀을 탐구하여 후대에 물려주었다. 그리고 현재를 살고 있는 무수한 사람들도 저마다 지혜를 탐색하여 표출해내고 있다. 인류역사를 통해 그 많은 사람들이 지혜를 탐구했지만 지금 또 탐구의 소재가 생기고, 앞으로도 그러한 소재는 무궁무진하게 우리의 시간과 공간속에서 도출될 수 있는 것이다. 만약 '지혜의 공간'이 따로 있다면 그곳에 가야만 지혜를 끌어낼 수 있을 것이다. 그러나 사람은 어디에 있으나 지혜로운 생각을 할 수 있으니 '지혜의 공간'이 따로 있는 것이 아니라 모든 공간이 다 지혜로 가득 차 있음을 느낄 수 있다.

그러나 우리 인간들은 이 지혜 가득한 우주의 시간과 공간을 잘 활용하지 못하고 있는 것 같다. 대부분 사람들은 물욕과 아집의 세계에서 벗어나지 못하고 자기 한 몸 영달을 위해 탐닉하다 우주의 큰 지혜를 쓰지 못하고 떠날 뿐이다. 예를 들면, 부동산이나 사업에 투자하여 큰 돈을 벌면, 또 계속 더 투자하여 재산을 모아놓고 결국은 저 세상으로 떠난다. 남겨 놓은 재산은 후손들 사이에 분쟁의 원인이 된다. 재치 있게 투자한 것은 하나의 '지혜'일 수 있지만, 그 재산을 지혜롭게 활용하지 못하고 후손들에게 싸움의 원인을 제공한 것은 '무지'임에 다름 아니다.

이 우주의 공간은 무한한 지혜를 담고 있는 것 같다. 이 무한한 지혜를 우리들이 어떻게 활용하느냐에 따라 인간의 삶의 질이 결정되는 것 같다. 도서관에서, 사무실에서, 지하철에서, 산사에서, 교회에서 선인들이 이룩해 놓은 지혜를 전수받고, 오늘 우리들의 사유를 통해서 새로운 지혜를 창출하여 인류사회에 수준 높은 행복을 제공하는 것이 참 지혜인의 삶이 아닐까? 지혜는 '마음의 품질'이다. 마음의 품질은 '몸의 품질'을 결정한다. 마음과 몸의 품질 수준은 우주공간의 지혜 활용능력에 달려 있다고 생각된다.

위대한 씨앗

세상 만물에는 그 발생의 근원인 씨가 있다. 우주의 탄생을 빅뱅이론으로 설명하는 것도 씨의 원리인 것 같다. 작은 알갱이가 대 폭발을 일으키며 폭발을 거듭하여 우주가 탄생되었다는 이 이론은 언뜻 보기엔 허무맹랑한 것 같지만 삼라만상 만물 모두가 작은 씨에서 나온다는 사실은 이 이론을 증명하는 결정적 단서가 아닌가 싶다.

필자는 금년 초부터 농촌에 내려와 살고 있다. 그러다 보니 도시에서는 볼 수 없는 많은 씨앗들을 접하게 되었다. 코스모스(우주)씨, 나팔꽃씨, 봉선화씨, 접시꽃씨, 박씨, 호박씨, 감자씨, 고구마씨, 조씨, 수수씨, 목화씨, 메밀씨..... 정말 많은 씨가 존재하고 있다는 것을 새삼 깨달았다. 그리고 나 자신도 씨에서 나왔고, 또 하나의 씨라고 생각하니 저절로 웃음이 나왔다.

씨. 우리는 씨에서 태어났다. 그래서 우리나라에는 김씨, 권씨, 박씨, 조씨, 최씨, 강씨, 홍씨 등 수 많은 씨가 있고 저마다 씨를 퍼트리며 살아가고 있다. 그래서 사람을 부를 때도 남성에게는 김철수씨, 조상태씨, 아저씨 등으로 부르고, 여성을 부를 때도 김숙희씨, 유금자씨, 권은주씨 등으로 부른다. 여성을 아주머니라고 부를 때는 '씨'가 들어가지 않지만 주머니에 씨가 들어가야만 아이가 탄생되니 아저씨는 '아이 씨', 아주머니는 '아이주머니'라는 우스개는 진담일 가능성이 높다. 따라서 여성에게도 '씨'를 붙이는 것은 당연하다고 본다. 여성이 없으면 아기가 탄생될 수 없기 때문이다.

씨. 씨는 작지만 그 내용은 우주만큼이나 위대하다고 하지 않을 수 없다. 단 한 개만 심어도 수십 개 아니 수천 개의 씨가 된다. '농사짓는 일이 하늘아래 근본農者天下之大本'이라 한 것도 바로 씨로부터 세상 사람이 먹고 살 풍부한 양식을 생산할 수 있기에 내려진 정의일 것이다. 특히 어떤 씨는 심으면 정말 헤아릴 수 없이 불어난다. 예를 들어 조 씨의 경우는 한 알갱이만 심어도 이삭이 되면 수천 개의 조 씨가 나온다. 만일 밭 한마지기에 조를 심는다면 아마 수십조 알의 조 씨가 나올 것이니 그래서 '조'와 '조

兆'는 통하는지 모른다.

씨. 씨는 모든 생성과 소멸의 원리를 온전히 담고 있다. 씨는 씨에서 생하고 씨로 멸함과 동시에 더 많은 씨를 만든다. 사람이 먹는 곡식씨는 그냥 소멸되는 것 같지만 사람이라는 씨를 생성하는 좋은 영양이 된다. 곡식씨가 없으면 사람 씨인 김씨, 강씨, 이씨도 영양을 얻을 수 없어 씨가 되지 못하니 한 톨의 곡식이라도 사람으로서는 생명의 씨라고 보아야 한다. 다른 동물도 마찬가지다. 사람이 식용하는 동물들도 전부 씨라고 볼 수 있고, 그 동물씨도 사람인 김씨, 이씨, 박씨에게 영양을 공급한다.

씨. 씨는 형이하학적形而下學的이면서도 형이상학적形而上學的이다. 씨는 물질이면서 정신이다. 예로부터 인간은 형이하학적 씨를 먹고 태어났다. 그리고 형이상학적 종교를 만들었다. 눈에 보이는 씨를 활용하는 일은 자연과학이 담당하여왔다. 눈에 보이지 않는 정신의 씨를 가꾸는 일은 철학과 종교가 담당하여 왔다. 사람은 누구나 눈에 보이는 씨앗을 가지고 있다. 몸이다. 사람은 누구나 눈에 보이지 않는 씨앗을 가지고 있다. 마음이다. 어느 씨앗이든 좋은 씨앗이라야 좋은 사람이 된다. 몸의 씨앗도, 마음의 씨앗도 좋은 씨앗이어야 좋은 김씨, 좋은 이씨가 될 수 있다.

마음의 씨앗을 좋게 만드는 좋은 씨앗은 종교이며 불교, 유교,

천주교, 기독교 등의 종교 씨이다. 더 구체적으로는 석가모니씨와 공자씨, 그리고 예수씨가 계신다. 그 분들의 씨앗은 오래 전에 싹터 수많은 좋은 사람씨를 만들어 냈다. 佛씨는 인도에서 싹 터 중국, 우리나라, 동남아시아로 그리고 화계사를 통해 서구로 전파되고 있다. 공자씨는 중국에서 싹터 중국과 우리나라 일본 등 동아시아의 학문적 기틀이 되었다. 기독교는 이스라엘에서 싹터 구라파와 아메리카 그리고 아시아로 들어왔다.

나의 마음에 어떤 좋은 씨를 심을 것인가. 그것은 각자의 마음에 달려 있다. 佛者는 佛씨를 택한 분들이다. 좋은 佛씨를 마음에 심어 언제나 佛心을 간직하고 살아가는 것이 불자들의 생활이다. 그러기 위해서는 마음이라는 스탠드에 불씨를 꺼트려선 안 된다. 항상 佛心을 일으켜 부처님의 광명을 받아야 한다. 다른 종교인도 해당 종교의 씨앗을 마음에 심어야 할 것이다. 그러나 중요한 것은 어떤 씨를 심던 마음에 장막을 쳐서는 안 된다. 장막을 치면 좋은 불씨를 받지 못할 것이기 때문이다.

네? 다 아는 말씀인데 무슨 씨 나락 까먹는 소리 하고 있냐고요? 네. 할 말이 없어 그냥 제 마음에 두고 있던 '씨론'을 정리해 보았어요. 그런데 우스개 하나 할까요? 호박씨는 무엇으로 까먹는지 다 아시죠?

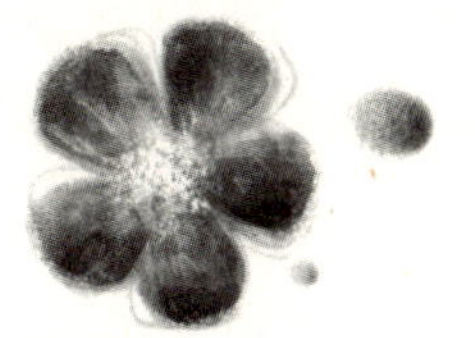

삶은 소통이다

인간人間이라는 의미를 한자로 풀어서 서로 의지人하는 사이間라
고들 해석한다. 사람 인人자와 사이 간間자를 연결하여 억지로 풀
어낸 해석 같지만 잘 생각해보면 그 해석은 정말 '진실'인 것 같
다. 인간. 인간은 서로 의지하는 존재임에 틀림없다. 단 한 사람
만이 세상에 존재 한다고 가정해 보자. 오직 나 한 사람만이……
정말 살맛이 나겠는가? 아무도 알아주는 사람도 없고, 아무도 말
붙이는 사람도 없고, 아무도 이해하는 사람도 없고, 아무도 존경
해 주는 사람도 없고. 그렇다면 정말 '삭막' 그 자체일 것이다.

인간의 삶이 길지는 않다. 그러나 그렇게 짧은 것도 아니다. 어
쩌다 고향사람을 만나보면, '아! 언제 적 사람인데' 하며 감탄할
때가 있다. 더구나 그 사람이 별로 늙지도 않았을 때 '인생은 참

길다.' 하는 생각을 하게 된다. 인간들이 이 지구상에 같이 있음으로 해서, 그리고 만나면 반갑고 서로 대화가 통함으로 해서 우리 인생은 즐겁고 보람이 있는 것 같다. 만일 그들을 만났을 때 반갑지 않고, 즐겁지 않다면 우리 인생에 무슨 행복이 있겠는가?

그래서 인간의 행복은 소통에 있다고 생각된다. 부부간에도 소통이 없으면 행복하지 않다. 우선 대화가 통하고 몸과 마음이 통해야 행복한 부부라고 할 수 있을 것이다. 20년, 30년을 같이 살아도 소통하지 않으면 불행한 부부임에 틀림없다. 다른 관계도 마찬가지다. 부모와 자식 간에도 소통되어야 한다. 우선 마음이 통하고 희망이 통하여 서로 허심탄회하게 대화해야 인생 살맛이 난다.

이쯤해서 하고 싶은 이야기는 대학생이나 군대에 있는 자녀들은 부모와 전화통화를 자주하라는 것이다. 아니 대학생이 아니라도, 군대에 있지 않았더라도 서로 떨어져 있으면 특히 소통에 신경을 좀 쓰라는 것이다. 그렇지 않으면 삶의 의미가 반감된다. 서로를 걱정하고 서로를 알아주는 것은 우리 삶의 활력소인 것 같다. 아버지가 아들딸을 알아주고, 아들딸이 아버지를 존경하고, 그러는 가운데 인생의 행복이 있는 것 아닌가?

인생은 '소통' 하나로도 행복할 수 있을 것 같다. 서로 소통만

된다면야, 서로 대화만 된다면야, 해결하지 못할 일이 어디 있으랴. 소통은 정직과 통한다. 정직한 마음, 착한 마음이 있을 때 소통은 수월하다. 반성하는 마음, 배려하는 마음이 있을 때 전화라도 한 통화 하게 되는 것 아닌가. 누구든 서로를 배려하며, 솔직하게 소통하며 인생을 산다면 그 인생은 참으로 행복하리라.

송구영신의 '피드백'

또 한해가 저물어간다. 매년 맞이하는 연말이지만 이때쯤이면 언제나 반성과 희망이 교차한다. 지난해에 대한 회고와 함께 새 해의 희망을 품는 것은 우리 사회를 보다 나은 사회로 만들고자 하는 염원 때문이다. 이러한 반성과 희망의 평가기준은 법과 법 질서라 말 할 수 있을 것이다.

법은 자연법과 실정법으로 구분된다. 그런데 우리가 보통 '법질 서'라고 하면 실정법 질서만을 생각하기 쉽다. 실정법을 위반하면 '범법행위'라 하고 사법부의 판단에 의거 대가를 치른다. 사람들 은 실정법을 만들어 놓고 그 법을 위반하기 일쑤다. 국회도, 정부 도, 검찰도, 법원도, 법을 위반하기는 마찬가지다. 자신들이 연구 하고 제정한 실정법을 자신들은 예외인양 위반하면서 갖가지 아전인수적 법해석을 하며 싸운다. 우리의 삶을 실정법에만 맡겨두면 사회는 매우 삭막할 수밖에 없다.

자연법은 넓고, 크고, 깊은 삼라만상의 원리이다. 자연법은 발견된 법도 많지만 아직 발견되지 못한 법이 더욱 많다. 사람들은 자연법에 대해서는 법이라는 의식을 별로 갖지 못한다. 그렇지만 자연법은 몰라도 자연스럽게 사는 사람들은 문제를 일으키지 않는다. 양심적 시민들은 자연법이든 실정법이든 법을 위반하지 않는다. 시민 중에는 "법 없이도 살 사람"이 의외로 많다. 법을 잘 몰라도 물이 흐르듯法 자연스럽게 행동하므로 싸우지 않는다. 자연법에 의지하면 사회는 매우 풍요로워질 수 있다.

실정법은 자연법의 정신에 따를 때 좋은 법이 될 수 있다. 입법도, 행정도, 사법도 자연법의 정신을 바탕으로 하는 것이 이상적이다. 국회는 자연법의 정신을 바탕으로 실정법을 제정하고, 정부는 자연법의 정신을 바탕으로 실정법을 실행하고, 사법기관은 자연법을 바탕으로 실정법을 판단할 때라야 진정한 법치주의 국가가 될 수 있다. "예외 없는 법은 없다"고 하지만 모든 실정법에는 '예외 없이' 자연법 정신이 적용되어야 좋은 법이 될 수 있다. 이렇게 볼 때 지난해에 대한 반성과 새해의 희망도 자연법의 정신을 평가 기준으로 삼는 것이 바람직하다고 본다.

종교편향

우리는 새 정부 출범 후 종교 편향정책을 체험했다. 정부가 말
로는 아니라고 하면서 실제로는 대통령이 믿는 종교와 다른 종교
간에 차별 정책을 쓴 것이다. 불교계의 항의와 대통령의 사과로
넘어가긴 했지만 아직도 석연치 못한 점들이 남아 있다. 정부에
의한 종교차별은 자연법에도 실정법에도 위반된다. 종교의 자유
는 인간이 지니고 있는 '사유의 자유'라는 점에서 자연적이므로
자연법이며 헌법이 이를 보장하므로 실정법이다. 정부는 이 둘을
다 위반했다. 그러나 새해에는 이러한 위반이 없기를 바란다.

4대강 정비사업

한반도 대운하 건설 사업으로 추진되다가 다수 국민의 반대에
부딪혀 이제 강 정비 사업으로 축소된 4대강 정비사업도 문제다.
대선공약이라는 점을 내세워 무리하게 추진하려 했던 이 사업은
자연파괴를 걱정하는 환경운동가들과 종교계 그리고 대다수 뜻있
는 국민들의 저항에 직면하여 표면적으로는 환경정비 사업으로
바뀌었지만 진실로 자연을 보호하는 사업이 될지는 아직 미지수
다. 만에 하나 이 사업이 한반도대운하 건설을 위한 전초 작업의
성격을 갖는 것이라면 이는 또 다시 문제가 될 것이다. 새해에는
경제개발이라는 이름으로 자연을 대대적으로 파괴하는 사업이나

정책이 없었으면 한다. 환경오염 및 지구온난화가 전 지구적 문제로 대두되고 있는 지금 자연환경을 훼손하는 어떠한 사업도 재시도되어서는 안 된다는 점을 정책당국은 명심해야 한다.

'행복도시' 건설

합법적 절차를 거쳐 추진되고 있는 '행정중심복합도시' 건설을 위정자의 의도에 따라 수정하려 하는 것도 법을 위반하는 일이다. 물론 한번 정해진 법이라도 불합리한 점이 드러나면 고쳐야 한다. 더욱 좋은 방안이 있다면 그 안의 합리성을 충분히 증명해야 한다. 모든 국민이 납득할 수 있도록 설득력 있는 안을 제시하여 국민적 합의를 도출한 다음 기존 법을 개정하는 절차를 거쳐야 한다. 국민들은 무엇이 더 옳은 방안인지, 무엇이 억지 주장인지를 판단할 능력이 있다. 무엇이 나라의 장래를 위해 도움이 되는지, 무엇이 자연법의 이치에 부합되는지를 신중히 판단하고 합법적 절차를 거쳐 시행해야 할 것이다.

자연법. 이는 부처님의 법이기도 하다. 자연법을 잘 몰라도 자연법에 따라 살려면 불법佛法을 공부하고 실천하면 된다. 부처님의 법은 아무리 공부해도 끝이 없는 자연법이다. 불법승佛法僧 삼보三寶는 부처님과 부처님의 법과 부처님의 법을 전수하는 스승들

임을 우리는 알고 있다. 그렇다면 우리 불자들부터 삼보를 받들어 공부하고 그 자연법을 실천해야 한다. 지난 1년간 제대로 불법을 공부하고 실천했는지 우리 모두 반성하고. 새해에는 좀 더 성실한 불자가 되도록 각오를 단단히 해야 하겠다.

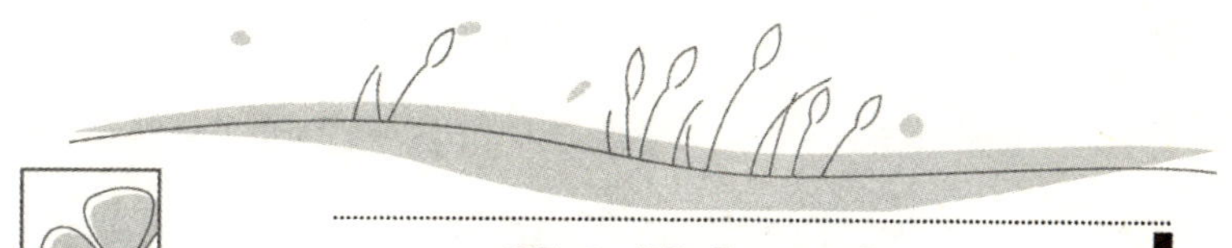

왕오천축국전 往五天竺國傳

　정수일 교수가 쓴 문고판 '왕오천축국전'(학고재 간)을 샀다. 두 권으로 되어 있는 문고판인데, 문고판이라도 그 내용이 정말 짭짤하다. 왕오천축국전은 혜초가 쓴 인도에 대한 한문 여행기인데 정수일 교수는 그 주석을 상세히 달고, 해석의 근거도 명확하게 제시하고 있다. 웬만한 한문 서지학자 이상으로 충실한 문헌적 검토에 의거하여 책을 풀이하고 있다. 학자다운 성실하고 치밀한 면모가 엿보여 경외심이 든다.

　우리는 보통 역사교과에서 혜초의 '왕오천축국전'을 뜻도 모르고 외운 경험이 있다. 그러나 이 책을 읽어보니 신라 출신인 혜초는 일찍이 중국으로 건너가서 불교에 귀의하였고, 불교의 발상지인 인도를 여행하면서 여행기를 썼다. 그 여행기는 19세기 프랑스학자에 의해 중국 신장성 둔황석굴에서 발견되었다. '왕오천축국전往五天竺國傳'이라는 뜻은 왕往은 '가다'라는 뜻이고 '오천축국五天竺國'은 인도의 동 서 남 북과 중앙을 의미하며, 전傳은 '전하다'의 뜻이니 요즘 말로 하면 '인도를 가다', '인도기행' 정도의 뜻이라는 것을 잘 알 수 있었다. 이렇게 뜻을 알고 보면 쉽고 명쾌하다.

이 책을 사게 된 동기는 이번 여름방학 중에 중국 신장성의 우루무치와 둔황을 가려고 예정하고 있기 때문이다. 옛사람들이 써 놓은 여행기를 보는 것은 어떤 지역을 여행하기 전에 필수적으로 선행해야 할 준비라고 할 수 있다. 그런데 아니나 다를까 이 문고판 왕오천축국전에는 둔황석굴에 대한 자세한 정보가 들어 있었다. 석굴의 조성경위, 석굴에서 발견된 문화재와 서적들, 서책의 발굴과 분산 경위가 비교적 자세하게 소개되어 있어 문헌정보학을 전공하는 필자에게는 "야, 이곳이 중국의 중세 박물관 도서관이네" 하고 감탄을 자아내게 했다.

이제 2008년 7월에 그곳에 직접 가면 이 책에서 얻은 예비지식을 바탕으로 함께 가는 역사학자들의 설명을 귀담아 듣고 역사지식을 충실히 습득할 것이다. 카메라와 비디오카메라로 현장의 모습을 담아서 나만의 다큐멘터리도 제작할 것이다. 문헌정보학자로서의 기질을 십분 발휘하여 직접 보고, 듣고, 수집하고, 느낀 바를 기록하여 역사학자가 간과할 수 있는 도서관적 시각으로 여행기를 쓸 것이다. 나도 「왕우루무치전」이나, 「왕돈황전」을 쓰되 현대적 감각으로, 쉬운 말로 그곳의 역사적 의미와 모습을 그려내고 싶은 충동을 느낀다.

글 보시

글도 보시布施가 될까? 이리 저리 생각하여 쓴 내 글을 인터넷 블로그에 띄우거나 신문 잡지에 게재하면 그게 보시가 될까? 책을 써서 세상에 내는 것이 과연 보시가 될까? 오늘 아침 갑자기 이런 의문이 머리에 들어왔다.

잘 생각해보니 사람이 살면서 다른 사람들에게 영향을 미치는 것은 말과 글과 행동 세 가지인 것 같다. 덕스러운 말을 하되 해로운 말을 하지 않고, 좋은 글을 쓰되 헐뜯는 글을 삼가고, 의로운 행실을 하되 괴롭히는 행동을 하지 않는다면 일단 남에게 좋은 영향을 주는 것이라고 생각된다.

그래서 불가佛家에서는 '정구업진언淨口業眞言 수리수리 마하수리

수수리 사바하' 천수경을 독경하며 이 세상 만물에 대하여 잘못 생각하고, 잘못 말하고, 잘못 행동한 것을 뉘우치고 참회한다. 말과 글과 행동을 올바르게 하고 좋은 일만 하고 살라는 것이 불교를 비롯한 모든 종교의 가르침이다.

우리가 일상을 살아가면서 말을 잘하기란 참 어렵다. 눈만 뜨면 말을 하고 살지만 순간적으로 나오는 그 말들이 다 정제된 것은 아니다. 마음의 상태에 따라 욕심과 분노와 어리석음이 작동하여 온갖 구설을 쏟아낸다. 그러나 글은 좀 다르다. 일단 생각을 정리하고 다듬어 표현한다. 물론 요즘 인터넷 댓글들은 다듬지 않고 쏟아놓은 악성 글들이 많지만 이는 글 본래의 모습이 아니다.

사람이 행실을 잘하기는 더욱 어렵다. 말을 잘하고, 글을 잘 써도 말과 글에 맞는 행동을 하는 사람은 드물다. 정치인, 학자, 경영인, 학생들을 관찰해보면 말과 글과 행동이 같지 않은 사람들이 의외로 많다는 것을 알 수 있다. 나 스스로도 언설과 행동이 다를 때가 있다. 그래서 가끔 놀란다. 정치인의 행동을 보고 놀라고, 학자들의 행동을 보고 놀란다. 그리고 나를 보고 놀란다.

그러나 그렇더라도 글을 쓰는 것은 좋은 말, 좋은 행동을 하는 데 도움이 된다. 자꾸만 좋은 글을 쓰다보면 행동도 글을 따라가게 된다. 순간적인 실수와 예외는 있더라도 금방 뉘우치고 제 자리로 돌아온다. 글을 쓰면 마음이 가라앉는다. 욕심과 분노와 어리석음이 멈춘다. 비방의 글이나 반항의 글, 변명의 글을 쓰는 것은 예외이겠지만 그런 것도 글로 표현하기 위해서는 다듬지 않을 수 없다. 글은 우리의 정신을 일깨운다. 한 발 물러서서 다시 생각하게 한다. 글은 남을 위한 자기표현이다. 글로 자기를 과시하거나 남을 욕하거나 비방하면 악업惡業이 된다. 그러나 남을 사랑하고, 도와주는 글은 선업善業이요 보시布施가 될 것이다. 명심보감明心寶鑑에도 "爲善者는 天報之以福하고 爲不善者는 天報之以禍"라 했듯이 글도 이와 같다. "作善文者는 天報之以福하고 作惡文者는 天報之以禍"니라. 에헴!

무간지옥無間地獄

　무간지옥이란 문자 그대로 '간격이 없이 꽉 막혀있는 지옥'을 뜻한다. 지옥地獄 그 자체만으로도 땅地속에 있는 옥獄이므로 답답할 텐데 간격이 전혀 없는 지옥이라니 그곳에 가면 아마 꼼짝달싹 못하는 곳인가 보다. 사전辭典에 무간지옥을 찾아보면 "팔열八熱 지옥地獄의 하나, 고통苦痛을 끊임없이 받는 지옥地獄"으로 되어 있다. 틈새가 없어 꼼짝 못하고 땅속에서는 화산이 끓고 있으니 끊임없이 고통을 받는 것은 당연한 일일 것이다.

　잘 때 가끔 가위눌림이 올 때가 있다. 이때의 느낌은 무엇인가 귀신같은 것이 나타나 온 몸을 꽉 누르고 있어 아무리 물리치려 해도 마음대로 되지 않는다. 소리를 질러도 신음소리 정도 나오는데, 다행히 옆에 누가 있으면 그 소리라도 듣고 몸을 흔들어 깨워주지만 혼자 자는 경우에는 그냥 끙끙거리다가 어느 순간 풀려 난다. '귀신작용'인지 '정신작용'인지 분명치 않으나 가위눌림은 매우 기분 나쁜 현상이다. 무간지옥이라는 말을 들었을 때 필자 는 가위눌림을 연상했다. 간격이 없어 꼼짝 못하는 것과 가위눌 림으로 꼼짝 못하는 것은 비슷하다고 생각되었기 때문이다.

꼼짝 못하는 것이 고통스러운 것은 '신체의 자유'든 '정신의 자 유'든 자유를 누릴 수 없기 때문일 것이다. 자유자재로 활보할 공 간을 확보하지 못하고, 자유자재로 사유할 여유를 갖지 못하는 것은 곧 자유의 구속이다. 옥獄이 자유를 구속하는 곳인 만큼 무 간지옥은 자유를 더욱 구속하는 장소일 것이다. 그렇다면 살아 서나 죽어서나 자유를 구속받는 무간지옥을 만들지 말아야 할 것이다.

종교에서는 이생과 내생이 있다고들 한다. 이생은 좀 고통스러 워도 내생을 위해 좋은 일을 하면 극락이나 천당에 간다고들 한 다. 그러나 이생은 내생을 위해서만 사는 것은 아닐 것이다. 오히 려 이생을 위해서 좋은 일을 하며 사는 것이 더욱 행복한 삶이라 고 본다. 그런데 우리는 이생 안에서도 많은 '무간지옥'을 짓고 있 다. 얼마 전(2010년 3월) 텔레비전 프로그램에 집을 온통 기이하 게 생긴 나무 등걸로 가득 메워놓아 주방이나 화장실에도 드나들기 어렵게 살고 있는 한 기인(?)이 소개되었다. 기이하게 생긴 나무를 모아서 박물관을 만들기 위해서라 한다. 필자는 이를 보고 "나무로 무간지옥을 만들었군."하고 중얼거렸다.

필자는 2010년 4월 또 이사를 했다. 꽤 넓은 공간인데 살림살이들이 뭐가 그리 많은지 짐을 풀어 정리를 하는데 지나다닐 틈이 없었다. 문득 '무간지옥'이 생각났다. "아 이 물건들이 무간지옥을 만드는 재료로구나. 물건이 많아질수록 무간지옥의 '준공'도 더 빨라지겠구나. 버릴 것을 골라 과감하게 버리자. 의자, 식탁, 옷, 신발, 책, 아니 책은 아니야" 결국 책은 또 버리지 못하였다. 그러면서 '무간지옥'에서도 생명을 제조하는 나무뿌리를 상상해보았다. 뿌리는 분명 땅속에 있다. 나무가 자랄수록 뿌리도 땅 속으로 더 깊게 들어간다. 뿌리에게는 땅속이 무간지옥이 아니라 생명의 원천이다. 나무는 '지옥'을 버리면 생명을 잃는다. 생각이 여기에 이르자 나는 스스로를 위로했다. "그래 내가 나무라면 책은 나의 뿌리야, 책을 버리면 나의 생명이 시들 거야. 난 다른 물건은 다 버려도 책만은 버리면 안 돼. 가능하다면 후손들아 내가 죽으면 책으로 무간지옥을 만들어주렴. 책으로 만든 무간지옥에서는 '신체의 자유'는 누릴 수 없어도 '정신의 자유'는 누릴 수 있을 거야."

물건에 애착을 가지면 무간지옥에 갈 가능성이 높은 것 같다. 그러나 책에 애착을 가지면 책으로 둘러싸인 무간지옥에 갈 것이니 걱정이 덜 된다. 그러나 걱정이 완전히 가시지는 않는다. 그래서 이 드넓은 자연의 우주가 바로 극락인가보다. 맑은 공기 마시고 자유로이 활보하며 날아다닐 수 있는 이 위대한 공간(SPACE). 이 공간空間이 바로 천당天堂이며 극락極樂 아닐까?

오감의 상관성

　감각에는 5감 즉, 시각, 청각, 후각, 미각, 촉각이 있어 각기 그에 상응하는 특징이 있다. 시각은 색깔, 청각은 소리, 후각은 냄새, 미각은 맛, 촉각은 접촉이다. 따라서 시각은 소리, 냄새, 맛, 접촉과는 별 상관이 없다. 청각 역시 색깔, 냄새, 맛, 접촉과 직접 연관이 없으며 다른 감각도 다음 표에서 보는 바와 같이 상관성이 없는 것 같다.

구분	색깔	소리	냄새	맛	접촉
시각	◉	–	–	–	–
청각	–	♪	–	–	–
후각	–	–	⌇	△	–
미각	–	–	△	❤	△
촉각	–	–	–	△	○

감각간의 상관성을 몇 가지만 살펴보면 서로 상관성이 없다는 사실을 알 수 있다.

시각과 청각 : 종소리를 들으면 종의 모양을 연상할 수 있다. 그러나 종을 본 경험이 없는 사람은 종소리가 들려도 종의 모양을 떠올릴 수 없다. 바이올린 소리를 들으면 바이올린을 연상할 수 있지만 바이올린을 못 본 사람은 불가능하다.

시각과 미각 : "보기 좋은 떡이 먹기도 좋다."지만 이는 시각과 미각이 오랫동안 상승 작용한 경험의 산물이다. 그러나 실제로는 보기 좋은 떡이 다 맛이 있는 것도 아니므로 역시 당초에 연관성은 없었다고 본다.

시각과 후각 : 음식의 냄새를 맡으면 그 음식을 연상할 수 있다. 이 역시 경험에 의한 것이다. 더덕 냄새가 나는 곳엔 더덕이 있다고 생각하지만 경험에 의해서 더덕냄새가 나는 곳엔 뱀이 있다고도 연상한다.

청각과 후각 : 국이 끓는 소리만으로는 무슨 국인지 연상할 수 없다. 국이 끓는 소리와 냄새와는 관련이 없으며 국이 끓을 때 나오는 수증기의 냄새가 코로 전달되어 쇠고기국인지, 북어국인지, 된장국인지를 알 수 있다.

그러나 매우 밀접한 상관성이 있는 감각도 발견된다.

후각과 미각 : 후각과 미각은 밀접한 관계가 있는 것 같다. 냄새에 따라서 맛을 어느 정도 짐작할 수 있다. 맛있는 냄새가 나면 실제로도 맛이 있는 경우가 많다. 이러한 밀접성은 아마 코와 입이 입천장으로 통해 있기 때문에 나타나는 현상이라 생각된다.

미각과 촉각 : 맛을 보려면 혀에 접촉해야 한다. 혀라는 동일한 감각기관이 접촉을 통해서 맛을 알 수 있기 때문이다. 접촉과 동시에 맛을 알기에 미각은 촉각과 떼려야 뗄 수 없다.

그런데 크게 보면 우리의 오감은 다 통해있다. 오감이 모두 몸이라는 한정된 범위 안에 있기 때문이다. 모든 감각기관이 머리 부분에 모여 있고 촉각은 그 감각의 외연을 온몸으로 확장하고 있으니 우리의 육체는 오감 덩어리인 것이다. 그래서 아름다운 것으로 꾸미고, 맛있는 것을 잡수시고, 좋은 향기를 맡으며, 부드러운 감촉을 좋아한다. 그런데 어쩌란 말이여? 추석 때 생각한 게 겨우 그거여?

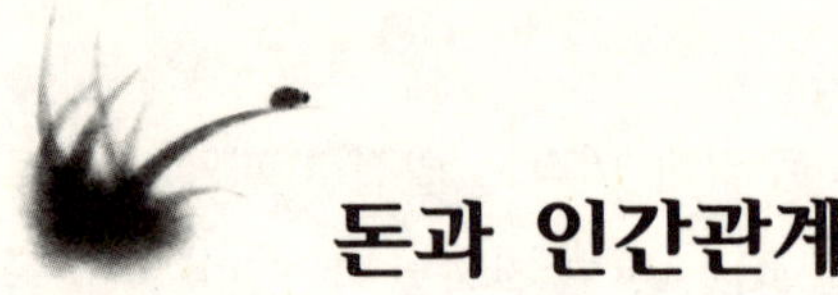

돈과 인간관계

살다 보면 "나만 옳은 것은 아니구나." 하는 회의를 느낄 때가 더러 있다. 나 자신 줄곧 옳게 살아왔다고 생각하고, 양심적으로 살아왔다고 믿어 왔지만 남들이 보기에는 그렇지 않은 것 같아 문제다. 사람마다 생각이 달라서, 아니면 도덕의 기준이 달라서, 또는 사회적 관습에 대한 인식이 달러서인 것 같다.

가장 민감한 것은 돈 관계다. 이상이 어떻고, 순수가 어떻다 해도 지금까지 겪어온 바 인간관계는 언제나 물질적 이해관계이며 그 대표지수는 돈이었다. 가정에서도, 대학에서도, 회사에서도, 종교단체에서도 크든 작든 언제나 돈이 오고간다. 돈관계가 원활하면 그 관계는 돈독하다. 돈관계가 원활하지 못하면 그 관계는 멀어진다. 돈은 가족관계, 동료관계, 직장관계, 종교관계 등 모든 인간관계의 윤활유이며 연결고리인 것이다.

부부사이에 돈 관계가 원활하지 않으면 그 관계는 오래가지 못한다. 남편이 벌든 아내가 벌든 돈으로 묶여 있다. 젊은 날 순수한 사랑으로 결혼한 부부라도 서로 돈의 상보관계가 없으면 그 순정은 곧 무너지기 쉽다. 부모자식간의 관계에서도 돈이 큰 역할을 한다. 교육비와 용돈 그리고 부모의 노후 봉양 문제에 돈 관계가 걸려있다. 종교에서도 시주나 헌금이 없으면 그 종교와 멀어진다.

남을 도와준다는 것은 물질적 이득을 주는 것이다. 다른 사람에게 도움을 받으면 그에 따른 물질적 사례가 필요하다. 그 사례가 없거나 적다고 느끼면 또 멀어진다. 인간관계에서는 가만히 있는 것이 항상 옳은 것은 아니다. 법률에서도 '작위作爲'와 '부작위不作爲'가 있고, '부작위'가 법률 위반이 되는 경우가 있듯이 인간관계도 마찬가지다. 누구든 가만히 있으면 편하겠지만 해야 할 '작위'가 있는데도 하지 않고 있으면 일이 풀리지 않는다. 또 가만히 있어야 할 때 나서 설치는 것도 일을 그르치는 방법이다. 그래서 가만히 있어야 할 때와 가만히 있어서는 안 될 때를 잘 판단하는 것이 현명한 자세다. 그런데 이러한 판단은 매우 어렵다.

진정으로 감사하게 생각하고, 감사하다고 표현하는 것만으로 '사례'가 되는 경우도 있다. 이 경우는 돈이 개입되지 않는 따뜻하고 '너무나 인간적인' 인간관계이다. 그러나 상대방이 물질적인 보상을 염두에 두고 있을 때 '부작위'를 견지하고 있으면 그 인간관계는 '품질'이 악화된다. 가족관계건 친구관계건 현대인의 인간관계는 돈으로 묶여 있다. 그리고 이런 생각이 머리에 들어올 때 인생은 서글프다. 그래서 법정스승님은 '무소유'로 일관하시다 훌쩍 떠나셨나보다.

불교와 미래학

'색즉시공공즉시색色卽是空空卽是色: Form is emptiness, Emptiness is form.' 반야심경의 이 유명한 구절을 모르는 사람은 아마 별로 없을 것이다. 그런데 그 의미를 곰곰 생각해보면 이 짧은 글 속에 우주의 온 진리가 내포되어 있음을 느끼게 된다. '우주의 지혜 Wisdom of Space'가 고스란히 담겨 있는 것이다. 이는 시간과 공간을 초월하며, 생명계와 물질계를 모두 초월한다.

우리 인간은 우주 속에 존재하는 작은 미물에 불과하다는 사실은 생로병사生老病死를 겪고 있는 우리 인간들에게 가끔 허무감을 느끼게 한다. '인생무상人生無常'이라느니, '인생은 하루살이'라 느니, '공수래공수거空手來空手去'라 느니 하는 말들은 이러한 느낌을 잘 드러내는 표현들이다. 주위에서 누가 타계하면 자주 하는 이야기는 매우 반성적이며 허무적이다. "그거 살다 갈 것을 뭐 그렇게 아등바등하며 살았는지! 그래도 산 사람은 살어, 죽은 사람만 불쌍하지. 쯧쯧."

그러나 그렇다고 해서 우리 인간의 삶이 허무하기만 한 것일까? 인간의 삶이 마냥 허무하기만 한 것이라면 지금 우리들이 하는 일이나 학문은 아무런 쓸모가 없는 것일까? 우리는 어찌되었든 이 세상에 태어나 살고 있다. 나이가 많든 적든, 어떤 업에 종사하든 우리는 과거를 이어 받아 현재를 살고 있고, 현실을 인식하며, 미래를 향해 전진하고 있다. 따라서 학생들은 열심히 공부하고, 학자들은 골똘히 연구하고 교육하며, 기업인은 부富를 일으키고, 정부는 국가질서를 다스리며, 종교인은 무엇이 올바른 인생의 도道인가를 가르쳐 준다.

우리 인간의 삶은 시간과 공간 속에 존재한다. 시간과 공간을 제외하면 인간의 삶이 있을 수 없다. 우리의 삶은 삼간三間, 즉 인간, 시간, 공간의 융합이라고 할 수 있을 것이다. 따라서 가치 있는 삶을 산다는 것은 인간으로서 자기에게 주어진 시간과 공간을 잘 다스려나가는 것이라 할 수 있다. 예를 들면, 나에게 주어진 지금 이 시간을 어떻게 잘 사용하느냐는 나의 삶의 가치에 영향을 준다. 또 나에게 주어진 이 공간을 어떻게 잘 활용하느냐 하는 것 역시 나의 삶의 가치에 영향을 주는 것이다. 주어진 시간과 공간을 잘 활용하는 사람은 삶의 가치를 그만큼 높여나갈 수 있다.

그런데 우리가 관리할 수 있는 시간과 공간은 매우 한정되어 있다. 개체인간의 수명은 길어야 백년이다. 한 인간이 관리할 수 있는 공간 역시 의복(의복도 인간이 관리하는 공간에 속한다. 옷차림에 따라 한 인간의 품위가 드러난다)으로부터 시작하여 가정, 사무실 등 매우 제한적이다. 그러나 문명의 발달에 따라 백년도 안 되는 인간의 삶의 시간 동안에도 지구촌 여기저기로 다닐 수 있는 공간은 점점 넓어지고 있다. 국내외의 여행을 통해 시간과 공간의 관리 폭을 넓히면서 삶의 가치를 더욱 제고할 수 있게 된 것이다.

우리 인간들이 전개하는 모든 업業은 이러한 시간과 공간 안에서 진행되고 있다. 그러면 무엇 때문에 우리는 일과 학문을 하는 것일까? 이 공허한 우주에서 결국은 '공수래공수거' 할 터인데 이 모든 삶의 노력들이 무슨 소용이 있을까? 개체인간들이 동분서주하면서 그들의 가치를 높인다고 해 보았자 결국은 '색즉시공'이 아니던가?

그러나 우리의 시공을 관리하는 노력들은 '색즉시공色卽是空'이라 하더라도, 반대로 우리의 노력들이 다시 돌아올 수 있는 '공즉시색空即是色'이 있으니 그 노력들은 결코 헛되지 않아 역사를 통해서 면면히 전개되고 있는 것 같다. 학생들이 열심히 공부하는 것도, 학자들이 학문과 교육에 전념하는 것도, 스님들이 설법을 하고 불사를 일으키는 것도, 불자들이 정성껏 사경공양을 하는 것도 모두가 色即是空이요 空即是色으로 융합되어 인류세계를 지혜롭게 하는 것이니, 우리들이 열심히 노력하며 사는 것이 얼마나 가치 있는 일인지를 우주의 원리 속에서 찾아볼 수 있는 것이다.

그렇다면 이제 우리는 미래를 향해 보다 큰 희망을 가지고 열심히 정진해야 하지 않을까? 가만히 앉아서 다가오는 매래를 그대로 그렇게 받아들일 것이 아니라 우리의 노력을 통해 보다 바람직한 미래를 창출해 내야 하지 않을까? 불교의 수행은 바로 이러한 '바람직한 미래'를 창조하기 위한 노력일 것이다. 작은 욕심은 버리고 보다 큰 욕심, 예를 들면 '조국통일', '세계 평화'와 같은 큰 염원을 세우고, 희망이 넘치는 나라, 바람직한 세계를 위해 노력하는 자세가 우리들이 갖추어야 할 정진 수행의 자세일 것이며 이런 점에서 불교는 미래학과 일맥상통하고 있다.

미래학이라는 학문은 미래학자들의 전유물이 아니라 모든 학문이 지향하는 방향타方向舵라 할 수 있다. 사실 모든 학문은 인류의 바람직한 매래를 위해서 존재하는 '미래학'이다. 인문학을 연구하

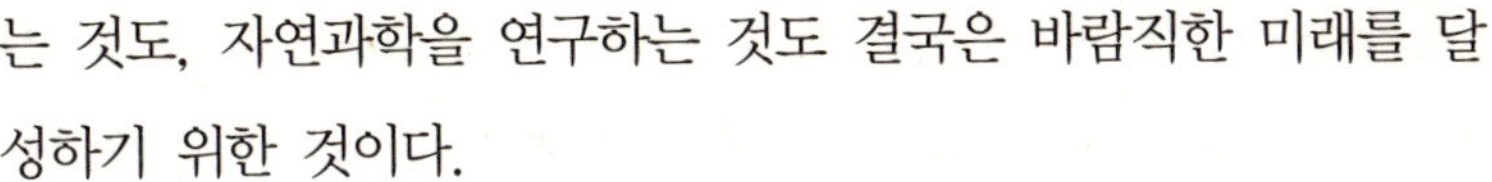

는 것도, 자연과학을 연구하는 것도 결국은 바람직한 미래를 달성하기 위한 것이다.

미래학futurology에서는 매래의 차원을 세 갈래로 나누어보고 있다(배규한. 2000. 미래사회학. 서울 : 나남출판사). 첫째는 있음직한 미래이다. 이는 지금까지의 추세로 미루어 앞으로도 이 추세대로 모든 상황이 계속될 것이라는 예측이다. 현상유지로 나아갈 때 전개될 수 있는 미래라 하겠다. 둘째는 있을 수 있는 미래이다. 이는 현재의 상태대로 지속하다가도 어떤 변수에 의해서 바뀔 가능성을 상정한 것이다. 어떤 새로운 변수가 나타나면 그것이 이롭건 해롭건 현재까지의 추세를 유지할 수 없게 된다. 예를 들면 선거에서 각 정당은 새로운 변수를 만들어 반대당에게 승리하기 위해 온갖 술책을 동원하는 것을 볼 수 있다. 셋째는 바람직한 미래이다. 이는 인간이 주체가 되어 바람직하다고 생각하는 목표를 세우고 이를 향해 열심히 정진하는 것이다. 예를 들면, 각자 원대한 목적을 세우고 그 목적을 향해 일로 매진하는 것이다. 이렇게 하면 희망이 보이지 않던 현실에서도 차츰 희망을 향해 다가가고 있음을 자신도 모르게 느끼게 된다. 불교는 바람직한 미래를 위해 '사홍서원'을 세우고 '용맹정진'하라고 가르치고 있다. 불교는 부처님의 가르침을 통하여 인류의 바람직한 미래, 즉 여래如來의 길을 달성하기 위한 가장 고차원의 미래학인 것이다.

('색즉시공 공즉시색'이 5분 30초짜리 단편영화로 제작되어 서울세계단판편영화제에서 최고상을 수상했다고 한다. : 중앙일보 joins, 2007. 9. 13, "'영화 문외한' 해여스님…… 세계단편영화제서 잇따라 수상").

기다림

우리는 언제나 누군가를, 무엇인가를 기다리며 살고 있다. 아기가 잘 자라기를 기다리고, 자녀가 학교에서 무사히 돌아오기를 기다리고, 공부를 잘하기를 기다린다. 또 자녀가 취업이 잘 되기를 기다리고, 좋은 배우자를 만나 행복하게 잘 살기를 기다린다.

기다림. 기다림은 삶의 의미이며 존재 이유다. 우리는 존재(살고 있음)하기에 기다린다. 살아있기에 밥 때를 기다리고, 좋은 사람을 만나 결혼하기를 기다린다. 살아있기에 건강하고 행복하게 잘 살기를 기다리고, 살아 있기에 병 없이 오래살기를 기다리고, 살아 있기에 고통 없이 잘 돌아가시기를 기다린다.

기다림은 희망이다. 우리는 희망이 있기에 기다린다. 지금은 공부를 잘 못하지만 앞으로 열심히 노력하면 우등생이 될 수 있으리라는 희망, 지금은 취업을 못하고 있지만 열심히 준비하면 취업을 잘할 수 있으라는 희망, 지금은 병들어 아프지만 적절한 치료와 섭생으로 곧 나을 수 있으리라는 희망, 저마다 희망을 가지고 그 희망이 이루어지기를 기다린다.

기다림은 염원이다. 간절한 기다림은 기도祈禱로 연결된다. "제발 좋은 대학에 들어가게 해 주세요", "제발 좋은 회사에 취업하게 해 주세요", "제발 사랑하는 사람의 마음이 변하지 않게 해 주세요.", "제발 병이 낫게 해주세요.", "제발 인사청문회에 무사히 통과하게 해주세요." 기다림은 희망을 실현시키기 위한 염원이자 간절한 기도이다.

기다림은 속박이다. 기다림의 시간이 길 때 자유가 제한된다. 예를 들어 자녀들의 진로가 장기간 잘 풀리지 않을 때 부모의 자유는 제한된다. 심리적인 자유도 물질적인 자유도 그만큼 멀어진다. 환자의 병이 좀처럼 낫지 않을 때 가족들의 자유는 그만큼 속박된다. 인사청문회에서 도덕성이 벽에 부딪칠 때 교수시절의 자유와 행복은 그만큼 격감된다.

희망이 실현되려면 관련자 모두의 성실한 노력이 꼭 필요하다. 관련자 중 어느 하나라도 나몰라하면 희망은 실현되기 어렵다.

예를 들어 자식이 좋은 대학에 진학하기를 희망한다면 부모와 자식이 함께 노력해야 한다. 그 가운데 본인의 노력이 가장 중요하다. 부모가 아무리 도와주어도 본인이 태만하면 희망이 실현될 수 없다. 환자의 병을 치료하려면 가족 모두가 나서서 헌신적으로 도와야 한다. 그러나 본인의 의지가 제일 중요하다.

인생은 기다림이다. 사람은 저마다 기다림을 지니고 있다. 인생은 기다림의 연속이다. 사람들의 기다림은 끝이 없다. 이런 기다림 저런 기다림, 한 기다림이 끝나면 또 다른 기다림이 나타난다. 어떤 기다림이든 기다림의 결과가 좋으면 행복하다. 그러나 기다림의 끝이 별로이면 행복하지 않다. 기다림마다 그 결과를 좋게 하는 방법은 우리 모두의 노력뿐이다. 노력하는 자에게 희망이 있다. 노력하는 자에게 자유가 있다. 노력하는 자에게 행복이 있다. 노력하는 자에게 기다림의 보답은 크다.

종교와 집단역학集團力學

집단역학은 集團과 力學을 조합한 말이다. 따라서 집단의 의미와 역학의 의미를 살펴본 후에라야 집단역학의 의미도 손에 잡을 수 있을 것이다.

집단은 집(모일 集)과 단(모일 團)으로서 여러 개체가 모인 단체이다. 생물의 개체가 여럿이 모인 것은 군집群集, 아파트가 모여 있는 곳은 아파트단지團地이다. 사람이 모이면 사회집단이 된다. 사회社會는 집단集團과 같은 말이다. 사회생활은 곧 집단생활을 의미한다. 인간이 살아가는 사회는 크고 작은 집단으로 구성된다. 가족집단, 학생집단, 종교집단, 이익집단, 국가집단 등이다. 이들을 사회로 대치하면 가족사회, 학생사회, 종교사회, 이익사회, 국가사회가 된다.

역학은 힘의 원리와 상관관계를 연구하는 학문이다. 개체의 힘, 개체와 개체와의 힘, 집단의 힘, 집단과 집단의 힘, 국가의 힘, 국가와 국가의 힘, 지구의 힘, 지구와 태양과 다른 별과의 힘 등 모든 힘이 다 포함된다. 물리적인 힘을 연구하는 분야를 특히 역학이라고 부른다. 뉴턴은 지구와 다른 천체와의 관계에서 힘의 작용을 발견하고 이를 '만유인력萬有引力'이라고 했다. 모든 물성은 끌어당기는 힘이 있다는 것이다. 열과 관련한 힘의 상관원리를 연구하는 분야를 열역학이라 한다. 열은 힘이 된다. 태양열太陽熱 은 강력한 태양에너지이다. 사회적인 힘을 연구하는 분야는 집단 역학이다. 집단역학은 사회학, 정치학, 법률학, 행정학, 경영학, 사회복지학 등 사회과학의 연구에 필수적 요소이다. 사회과학은 인간집단의 성격과 원리 그리고 집단과의 세력관계를 연구하는 과학이기 때문이다.

집단역학은 주로 인간과 인간집단의 관계를 연구하여 인간사회 의 균형을 유지함으로서 바람직한 사회형성과 발전을 추구한다. 여기에는 종교와 철학이 그 바탕이 된다. 종교와 철학은 인간의 삶의 가치와 궁극적 목적을 추구한다. 종교와 철학은 인간사회집 단에서 발생된다. '나 홀로'의 종교나, '나 홀로'의 철학이 있을 수 있지만 집단의 지지를 받지 못하면 곧 약화된다. 종교와 철학은 집단적 동의와 지원을 받을 때 힘을 발휘할 수 있다. 종교와 철학도 집단역학의 산물인 것이다.

서력기원 이후 서양문명은 기독교의 집단역학이 주도하였다. 기독교 집단세력은 20세기에 세계의 도처로 그 힘을 전파했다. 이슬람은 중동과 이집트를 중심으로 세력을 유지하면서 다른 종교들과 세력다툼을 계속하고 있다. 인도에서 발생한 불교는 동양권의 집단역학을 형성하면서 전파되어 이제 세계화되고 있다. 중국에서 태동한 유교 역시 중국과 한국 일본 등 동남아시아에 뿌리 깊은 세력을 형성하였다. 종교에 비해 철학은 세력이 좀 덜한 것 같다. 하기야 공산주의와 민주주의의 양분 체제를 뒷받침한 철학이 있었지만 지금은 쇠퇴되고 있다. 그리스철학, 독일철학, 중국철학, 한국철학 등이 있지만 종교만큼은 세력관계를 형성하지 못하는 것 같다.

종교는 종교 내에서의 집단형성과 결속력이 중요하다. 집단을 이룰 때 에너지는 시너지가 된다. 스님들도 개인플레이를 하면 교화의 힘이 약화된다. 목사님들도 마찬가지다. 진정한 진리를 찾아 수행하면서 그러한 진리에 의거하여 형성되는 집단의 힘은 어느 종교에서나 힘을 발할 것이다. 그 힘이란 세상의 모든 문제를 평화롭게 해결 할 수 있는 힘이라야 한다. 종교집단이라도 끼리끼리만 세력을 구축하여 '이익집단'을 형성하려 들면 그 세력은 쉬 무너질 것이다. 집단역학은 종교에서 그 전형적 모범을 보여주어야 한다. 종교의 역학관계가 평화와 행복의 관계를 형성할 때 세계 평화는 달성될 수 있다. 기독교의 세력과 이슬람의 세력이 평화적 역학관계를 형성할 때 중동의 평화가 올 것이다. 기독교의 세력과 불교의 세력이 사랑과 자비의 역학관계를 이룰 때 동양과 서양의 평화가 올 것이다. 이슬람과 불교의 세력이 소통할 때 중앙아시아에 평화가 깃들 것이다.

종교는 사회집단 가운데 가장 근간을 이루고 있다. 종교의 역학관계가 균형점을 찾아야 종교분쟁이 사리지고, 모든 종교가 인류의 행복과 평화를 위해 세력을 합할 때라야 우리 지구촌은 모든 생명이 복스러운 생명의 낙원이 되지 않을까?

2010 경인년, 국민들은 무슨 꿈을 꿀까?

화합의 정치

논어에는 '정자정야政者正也'라는 문구가 있다. 두말할 것도 없이 정치는 바르게 하는 것이 근본이라는 뜻이다. 공맹시대와 같은 군주사회에서는 위정자들이 백성을 다스리는 것을 정치라 했고, 공자님은 위정자들이 백성의 뜻을 바르게 읽어 바른 정치를 해야 한다는 가르침을 그렇게 표현한 것이다. 그러나 현대 민주사회에서 정치는 위정자가 백성을 다스리는 일 뿐만 아니라 국민 누구나 바르게 화합하며 살아가는 것도 정치에 포함되어 있다고 본다. '생활정치'라는 말은 국민 모두가 생활 속에서 바르게 정치에 참여하며 살아가는 것을 의미할 것이다. 관공서든 민간이든, 높은 사람이든, 낮은 사람이든 생활을 정의롭게 하는 것을 정치라고 말할 수 있는 것이다. 그렇다면 '바르다'는 의미는 무엇일까? 절대 선과 절대 악을 가름하기 어려운 상황에서는 바르다는 것의 기준은 '자연성'이며 자연은 조화로운 상태에서 평화를 유지할 수 있다는 점에서 '화합'을 의미한다고 해석할 수 있을 것 같다. 가정에서나 학교에서나 사회에서나 화합을 이루는 생활이라야 '바르다'고 말할 수 있는 것이다. 그리고 화합이라는 것은 어느 일방의 희생위에서 성립되는 것이 아니라 모든 구성원들의 상호 존중에서 성립되는 것이라야 진정성이 있다고 본다. 일방의 주장에 의해 이루어진 '화합'은 화합이 아니라 일종의 '억압'이기 때문이다. 지난해부터 정치권에서 뜨거운 이슈로 거론되고 있는 세종시의 문제도 아직 화합을 이루어내지 못하고 있다. 그렇게 지역갈등을 조성하는 것은 어떤 이유로도 '정자정야政者正也'는 아닌 것 같다. '세종시'란 이름을 붙여 놓고 이렇게 지역 갈등을 심화시키는 것은 세종대왕께 누를 끼치는 것이다. 세종대왕은 그렇게 싸우라고 '훈민訓民'하지 않았기 때문이다. 백성들은 정치가 갈등을 조장하기를 바라지 않으며 오히려 갈등을 해결하기를 바란다. 국민들은 각계각층 모두가 화합을 이루는 평화로운 나라를 꿈꾸고 있다.

소통의 경제

경제는 '경세제민經世濟民'에서 그 용어가 나왔다고 한다. 어원상으로는 세상을 다스리고 백성을 '구제救濟'한다는 다소 전제적인 의미를 가지고 있다. 그러나 오늘날의 경제는 각종 생산물과 화폐의 소통을 통한 부의 향상과 복지의 증진에 그 초점을 맞추어야 한다고 생각된다. 생산물이 풍부해도, 돈이 많아도 한쪽으로 치우쳐 흐르지 않는다면 '경세제민'이 성립될 수 없는 것이다. 그래서 오늘날의 경제는 소통이 으뜸의 가치라고 생각된다. 소통은 유통과는 좀 다르다. 유통은 물류, 즉 물질의 수송을 의미하지만 소통은 물질과 돈과 인간의 마음이 원활히 순환되어 꼭 필요한 사람들이 유용하게 사용할 수 있도록 하는 보다 따뜻한 의미를 담고 있다. 농사를 지어놓고도 소통을 하지 못해 손해를 보고, 아까운 농작물을 밭에 두고 그대로 버리면서도 필요한 사람은 이를 활용할 수 없는 것은 인간적으로 따뜻한 소통이라 할 수 없다. 소수의 사람들이 부를 쌓아놓고 '탱자거리고' 있는데도 대다수 서민들은 생활에 쪼들려 어려움을 겪고 있다면 이는 소통에 문제가 있는 사회라 하지 않을 수 없다. "돈은 돌아야 한다."는 말은 말장난으로 치부할 수도 있겠지만 그 의미의 진리성을 읽는 것이 더 유용하지 않을까 싶다. 사회주의 국가가 아니라도 국민의 복지를 생각하고 복지수준을 향상하려한다면 '부익부 빈익빈의 경제'를 '인간적 소통의 경제'로 전환해야 한다. '일자리 창출'이나 '공공근로사업' 등은 그 하나의 예라고 볼 수 있지만 그것만으로는 아직 소통이 턱없이 부족하다. 국민들은 각자 모두가 하고 싶은 일을 할 수 있고, 노력의 대가가 공정하게 돌아오는 '소통의 경제'를 꿈꾼다. 정월 대보름날 찰밥 한 덩이라도 이웃과 나누어 먹을 줄 아는 따뜻한 인간적 소통의 경제를 꿈꾼다.

공정한 사회

민주사회의 이상은 자유와 평등이다. 그러나 무제한의 자유는 강자가 약자의 자유를 침해할 가능성이 높기 때문에 오히려 자유의 이상을 실현할 수 없다. 그래서 민주주의는 법치주의라는 기초 장치를 마련하고 있다. 평등은 '법 앞의 평등'을 의미한다. 정치인, 경제인, 서민 등 지위 고하를 막론하고 '법 앞의 평등'이 민주주의를 실현하는 수단이다.

그럼에도 불구하고 우리 사회는 민주사회의 가치를 구현하는데 숱한 어려움을 겪어왔다. 그 원인은 우리사회의 법의식이 실정법에만 의지하여 법망法網을 피해나가는 데 치중하여 왔기 때문이 아닌가 싶다. 그러다 보니 보다 근본적인 자연법의 정신을 무시하게 되고, 자연법대로 착하게 사는 사람들을 어리석은 사람으로까지 치부하는 경향이 만연하게 되었다. 이러한 법정서는 정치인은 정치인대로, 법조인은 법조인대로, 경제인은 경제인대로 저마다 공정하지 못한 행동을 '실천'하게 됨으로써 공정한 사회를 구현하는데 장애요인이 되어왔다. 지위를 이용한 인사 청탁이 비일

비재하고, 중요한 고위직의 승진에는 금전이 개입되거나 학연, 지연, 혈연이 동원되는 등 불공정한 행태들을 노정하고 있다.

새해에 대다수 국민들은 성숙한 민주사회에 알맞은 공정한 사회가 되기를 염원한다. 모든 국민이 능력에 따라 공정한 기회와 대우를 누릴 수 있는 자유와 평등의 사회가 실현되기를 꿈꾸고 있다.

행복한 문화

문화는 인간만이 누리는 인간됨의 특권이다. 이는 '소 문화cow culture'와 '돼지문화pig culture'가 없는 것으로도 쉽게 증명된다. 아주 영리하다는 개dog조차도 문화를 만드는 일은 하지 못한다. 따라서 개, 돼지, 소는 행복하지 않을 것이다. 그저 주어진 생명을 살기위해 본능적으로 먹고 자다가 잔인한 인간의 먹이가 된다. 이렇게 보면 문화를 가진다는 것은 그 자체가 곧 행복이다. 사람이기 때문에 말과 글을 배우고 아름다움과 추함을 알며 무엇이 진리이고 행복인지를 판단할 수 있다.

그런데 이런 진선미를 알고 행복을 느끼는 사람들은 점점 줄어드는 것 같다. 참되고, 착하고, 아름다운 것을 일상적으로 느끼고 체험하고 창조하는 사람들이 줄어드는 것은 아마도 문화라는 것도 돈과 연결되기 때문인 것 같다. 돈벌이가 안 되는 문학과 예술은 설자리가 없어 대학에서도 인문학이 퇴출되고 있다. 우리가 반만년 역사를 지닌 문화민족이라면 작금의 문화 홀대를 타파하는 '문예부흥운동'이 전개되어야 한다. 국가가 교육정책과 문화정책을 진선미의 바탕에서 재구성하여 행복한 인간적 문화를 창조하지 않으면 안 된다. 국민들은 빛나는 역사를 만들고 희망찬 미래를 창조하길 염원하고 있다. 정치인, 경제인, 학계, 일반 국민들이 '동상이몽'하지 않는 정의롭고 공정한, 아름답고 행복한 '문화세상'이 되기를 꿈꾸고 있다.

법정스님의 유언 '유감'

2010년 3월 11일 법정스님이 타계하셨다. 세속 나이로 78세. 고령화 사회가 된 요즘으로 보면 그리 장수하시지는 못했다. 아마도 '고행'이 더 많았을 '무소유의 수행' 때문인지 모른다. 대학 시절에 학교를 버리고 수행자의 길을 선택하신 스님은 일생을 모든 걸 버리고 사신 게 틀림없다. 필자는 법정스님을 친견하지 못했지만 문명과 자연을 넘나드는 향기로운 글을 통해 스님의 거룩한 종교적 정신을 간접적으로 체험해왔다. 불교 수행자이지만 불교에 갇히지 않고 천주교, 기독교 등 다른 종교와 소통과 화합을 시도하고 실천하셨던 '달관의 종교관'은 모든 종교인 뿐 아니라 이 시대를 살아가는 사람들 모두가 본받아야 할 정신자세라고 생각된다.

알려진 바에 의하면 법정스님의 책 '무소유'에 대해 김수환 추기경님은 "법정스님의 책이 아무리 무소유를 주장한다 해도 스님의 책 '무소유' 만큼은 소유하고 싶다"고 말씀하셨다 한다. 그만큼 소중한 말씀을 담은 책은 누구나 가지고 싶은 사람이 소유, 음미하며 각자의 삶 속에서 실천하려는 노력을 기울일 때 사회적 가치를 발휘할 수 있다는 뜻으로 새겨진다. 사실 법정스님의 책은 나오는 책마다 베스트셀러에 올라 웬만한 집에는 거의 한권 이상 보유할 정도라 한다. 그만큼 스님의 책은 종교를 불문하고 누구나 좋아하는 책이 되었다.

그런데 스님이 입적하신 다음 언론을 통해 발표된 스님의 유언을 접하고 조금 당황스러움을 느꼈다. 공개된 스님의 유언 중 제2항은 이렇게 컴퓨터로 찍혀 있다. "내 것이라고 하는 것이 남아 있다면 모두 '맑고 향기롭게'에 주어 맑고 향기로운 사회를 구현하는 활동에 사용토록 해 주시기 바랍니다. 그러나 그동안 풀어 놓은 말빚을 다음 생에 가져가지 않으려 하니 부디 내 이름으로 출판한 모든 출판물을 더 이상 출간하지 말아 주십시오."

여기서 의아하게 생각되는 것은 두 번째 문장이다. 그동안의 글을 '말빚'이라 하시고 '말빚'을 다음 생으로 가져가지 않으시겠다니 그럼 스님은 그동안 채무자였고, 스님의 글을 좋아하는 독자들은 '채권자'였단 말인가? 지극히 겸손하신 말씀이지만 스님의 경지를 잘 모르는 속인으로서는 너무나 황당한 말씀이 아닐 수 없다. 스님이 남기신 글은 출판이라는 유통과정을 통해 공표되어 웬만한 도서관에는 거의 다 소장되어 있다. 따라서 이제 스님이 원하든 안하든 스님의 글은 이미 사회화되어 회수할 수 없게 되었다.

필자는 좋은 글을 써서 세상을 맑고 향기롭게 하는 것은 '말빚'이 아니라 '말보시'라고 생각한다. 수행과 정진의 과정에서 얻은 지혜의 말씀들을 사회에 환원함으로써 인간사회를 맑고 향기롭게 할 수 있다면 그게 곧 '말보시'가 아니고 무엇일까? 불교는 석가모니의 수행과 '법보시'에서 발아된 종교이다. 석가모니 부처님이 2500여 년 전에 설법하신 말씀들이 지금까지 대를 이어 전파됨으로써 오늘의 불교가 빛을 발하고 있고 부처님의 '법보시'에 기대어 중생들은 '자등명법등명自燈明法燈明'하는 길을 안내 받고 있다.

법정스님의 글들은 우리의 마음을 쉽게 일깨워준다. 평범하지만 비범한 지혜의 말씀들을 전해준다. 종교를 떠나 인간의 삶이 무엇이고, 어떠해야 하는지를 안내해 준다. 스님은 자신의 글을 '말빚'이라 하셨지만 독자들은 스님의 글을 '감로수'로 받아들인다. 이런 스님의 글을 더 이상 출판하지 않는 것은 부처님의 뜻에 맞지 않을 뿐 아니라 생전의 스님의 뜻에도 합당하지 않은 것 같다. 스님의 후계자들은 스님의 유언을 따르지 않는 것이 스님에게 누가 될 것이라고 걱정하실지 모르나 진정으로 부처님의 뜻이 무엇이고 법정대종사의 큰 뜻이 무엇인지를 잘 해석하여 스승이 남긴 지혜의 말씀을 계속 전파해야 할 것이다. 출판에서 나오는 수익금 전액을 '맑고 향기로운' 사회를 만드는데 사용한다면 스님께서도 기꺼이 허용해 주실 것으로 믿고 싶다.

"법정스님, 스님의 말씀을 대대로 전하는 것은 '말빚'이 아니라 '법보시'라고 생각합니다. 도서관에 보존 활용되고 있는 모든 책들은 후세를 위한 지혜의 유산입니다. 저는 책과 도서관을 사랑하는 사람으로서 스님의 책을 포함한 역대 현자들의 정신적 유산이 후세에 영원히 전해지기를 기원합니다. 스님처럼 개체 인간으로서는 모든 것을 다 버릴지라도 역사와 사회 속에 존재하는 책과 도서관만큼은 영원히 버릴 수 없다는 점을 감히 말씀드리고 싶습니다. 스님, 극락에 계시어도 중생을 위해 '말빛言光'을 계속 비추어 주십시오. 아멘, 나무석가모니불……"

의식주 衣食住 **문명론**

먹고 사는 문제는 생존문제다. 의식주는 문명과 동떨어져 있지 않다. 문명의 역사는 의식주를 개선해온 역사라고 말할 수 있을 것이다. 사람들이 이 세상에 생명을 받아 살면서 보다 편리한 옷을 입고, 보다 좋은 음식을 먹고, 보다 편안한 집에 사는 것, 이 것이 곧 문명 발전의 기초라고 생각되기 때문이다.

필자는 2008년 7월에 실크로드 천산남로를 다녀온 이후 우연히 '차마고도'라는 다큐멘터리를 보게 되었다. 그리고 직접 가 본 실크로드와 다큐로 본 차마고도를 비교하며 '의식주 문명론'이라는 새로운(?) 용어를 만들어 보았다. 고비사막과 히말라야의 척박하고 험난한 땅에서도 사람들은 생존을 위해 천만리 머나먼 길을 왕래하며 무역을 해왔다는 것을 생생하게 연상할 수 있었다.

　　동아시아와 중앙아시아 그리그 유럽으로 연결되는 실크로드, 실크로드는 동양과 서양의 교류를 통해 문명을 일구어낸 생명의 길이었다고 생각된다. 비단silk을 주로 거래하였기에 실크로드라는 이름이 붙었지만 실제 거래 물품은 다양했다고 한다. 곡물은 물론 약재, 목재, 가축, 종이 등 인간생활에 유용한 물건들이 교류의 대상이었다. 모두 의식주에 필요한 물건이었다.

　　중국과 티베트, 히말라야, 인도를 연결하는 차마고도, '차마고도茶馬古道'는 '차茶와 말馬을 교류하는 옛길古道'이라는 뜻이라 한다. 중국에서 생산되는 차와 티베트의 말을 교류했다는 데서 붙여진 명칭이다. 그러나 차와 말만을 교류한 것이 아니었다. 옥수수, 우유, 소금, 약재, 가축, 목재 등 각 지역에서 부족하고 남는 생산품을 교류하였다고 한다. 역시 생존에 꼭 필요한 물건들이다.

　　인간은 결국 의식주의 바탕위에서 살아간다. 의, 식, 주는 인간 삶의 3요소이다. 어느 것 하나가 없어도 삶이 어렵다. 현대사회에서도 우리는 의식주를 위해 안간힘을 쏟는다. 학생들이 공부하는 목적도 결국은 잘 먹고 잘사는 것이다. 좋은 직업, 좋은 자리에 취직하여 권세를 누리면서 편안한 현대문명의 의식주를 누리는 것이 모든 사람들의 목적이다.

　　그런데 과거의 순수했던 의식주 문명이 현대에 와서 문제가 생졌다. 의식주에 소용되는 물품들이 투기의 대상이 되어버린 것이다. 의衣는 사치로 변해가고, 식食은 식도락食道樂으로, 주住는 부동산투기의 대상으로 변해버린 것이다. 그래서 이제는 먹고 살만한 사람들도 끊임없이 욕심을 낸다. 배운 사람이나 못 배운 사람이나 먹고 살만한 사람들일수록 더 탐욕을 부린다. 그래서 빈부 차이가 커지고 사회갈등도 심화된다.

그러나 한 발짝 물러 실크로드와 차마고도를 보자. 거기에 무슨 사치와 식도락과 투기가 있는가? 그래서 우리는 과거를 거울삼아 배워야 한다고 느꼈다. 개발을 하되 항상 순수를 잃지 않는 인간정신이 필요한 것이다. 과욕을 부리지 말고 세계인들이 더불어 현대문명의 의식주를 누릴 수 있는 길을 추구해야 한다는 것이다. 의식주는 간단히 말하면 입고 먹고 사는 것이지만 현대에 와서는 매우 복잡해졌다. 과학기술문명 덕분이다. 과학기술은 인류에게 상상을 초원한 혜택을 주었지만 다른 한편 역시 상상을 초월한 피해를 주고 있다. 과학기술의 혜택은 인간의 생활을 신선노름에 가깝게 만들었다. 그러나 인간의 욕망을 끝없이 증폭시켜 순수를 잃게 하고, 하나뿐인 지구를 위협하고 있다. 이 시대의 의식주 문명은 우리 집 우주宇宙의 지붕을 허물어내고 있다.

이 시대의 의식주 문명은 의식주를 편리하게 해결한듯하지만

오히려 의식주의 근본을 뒤 흔들고 있다. 문명인을 자처하는 현
대인들, 과연 우리들이 진정한 문명인일까? 사리사욕과 탐욕으로
정신 나간 사람들은 아닐까? 권모술수와 거짓으로 인간성을 왜곡
하고, 아방궁 같은 집에 호의호식하며 살아가는 사람들, 이들을
부러워하다 낙오되어 거리에 나 앉은 노숙인들, 정말 제정신으로
살아가는 사람은 별로 없는 것 같다. 이제 현대 의식주 문명을 인
간성의 바탕위에 새롭게 재건할 때가 된 것 같다.

종교 간 소통과 화합은 가능할까?

종교宗敎의 문자적 의미는 '으뜸宗 가르침敎'이다. 영어의 religion은 신에 대한 '소통과 믿음'을 의미한다. 즉, 종교는 가르침 가운데서도 최고의 가르침으로서 인간의 유한성을 극복할 수 있는 전지전능한 초월적 세계를 상정하고 있다. 신을 인정하든 안하든 모든 종교는 이생生과 내생來生이 있다고 믿고, 이생의 평화와 내생의 안락(극락, 천당)을 기원하고 있다.

종교는 인류의 탄생과 더불어 시작되었다고 믿어지고 있다. 세계 도처에서 태동한 토테미즘totemism이나 정령신앙animism, 샤머니즘shamanism 등 원시종교는 만물에 신이 깃들어 있다고 믿고 대리인을 통하여 신과의 소통을 꾀하면서 신의 뜻에 따라 그들의 평화와 안녕, 그리고 내세의 구원을 빌었다는 것이다. 그리고 점차 문명사회가 전개되면서 세계적인 고등 종교들이 훌륭한 교리 체계를 형성하고 인류의 평화와 행복 그리고 내세의 안락에의 길을 인도하고 있다.

이렇게 발생학적으로 보면 "모든 종교의 목적은 동일하다."고 말할 수 있다. 유한한 인간이 위대한 종교의 가르침을 받고 그 교리를 실천함으로써 인류의 평화와 행복, 나아가 내세의 구원(영생)과 극락을 누리는 데 목적을 두고 있는 것이다. 그렇다면 어느 종교든 동일한 목적을 설정하고 있으므로 수단과 방법이 좀 다르다고 하더라도 서로를 반목할 이유는 아예 존재하지 않는다고 보아야 마땅하다.

그런데 이상하게도 어떤 종교인들은 다른 종교인들에 대하여 반목과 배척을 일삼아 왔다. 역사적으로 이러한 현상은 이교도異敎徒의 박해로 나타나고 종교분쟁으로 이어져 전쟁도 불사하는 비종교적 행태를 노정하기도 했다. 평화와 행복을 추구한다는 종교인이 다른 종교인에 대하여 반목과 박해를 가하는 것은 종교의 근본 목적에 부합되지 않는 자가당착自家撞着적 행위이다.

우리나라에서도 종교 간의 반목은 심심치 않게 일어났다. 몇 년 전 일부 기독교인들이 초등학교에 세워놓은 단군 상을 파괴한 사건이 발생, 사회적으로 물의를 빚은 적이 있다. 또 2004년 서울 모고등학교에서는 종교의 자유를 주장하며 종교수업을 거부하고 1인 시위를 벌였던 학생을 퇴학 처분한 사건이 있었다. 그 학생은 그 후 종교자유의 침해에 대하여 모교를 상대로 민사소송을 제기했고 소송 6년만인 2010년 4월 22일 대법원에서 원고 승소 판결을 받았다고 한다.

이러한 크고 작은 종교 간 갈등은 종교자체의 문제라기보다 종교를 믿는 사람들의 행동에서 비롯되는 것이라 할 수 있다. 예나 지금이나 종교인들이 종교의 큰 의미와 본질을 바로 보지 못하고 상대 종교를 잘 모르면서 비판하고 반대하는데서 반목과 분쟁의 씨가 발아되는 것이라 생각된다. 한 종교인이 다른 종교인과 소통하고, 상대방 종교의 좋은 점을 벤치마킹하려고 노력한다면 상대 종교와 종교인을 헐뜯고 오해하는 일은 줄어들 것이다.

이런 점에서 불교는 예로부터 종교화합의 본보기를 보여 왔다. 서역에 들어간 불교는 마니교를 포용했고, 우리나라에 들어온 불교는 토속 신앙인 산신신앙과 칠성신앙을 포용하여 절마다 산신각이나 칠성각을 지었다. 또 최근에 와서는 전통불교음악인 범패를 가르치기보다는 찬불가讚佛歌를 작사 작곡하여 사찰에서도 아름다운 서양음악의 화음을 연출해내고 있다.

　종교는 인류의 성인이 남긴 위대한 가르침이다. 석가, 예수, 공자, 마호메트 등 인류의 스승들이 남겨준 '으뜸의 가르침'인 것이다. 따라서 종교치고 '나쁜' 종교는 없다고 단언할 수 있을 것이다. 어느 종교이든 세계평화와 내세의 구원이라는 목적은 같다. 다만 그 목적에 이르는 과정과 의식과 절차가 다를 뿐이다. 불교의 교리체계로 가든, 기독교의 교리체계로 가든 인류의 평화와 행복이라는 목표점을 향하여 수행과 정진과 기도를 한다. 따라서 종교가 다르다고 서로를 오해하는 것은 올바른 종교인의 자세가 아니다.

　불교든 기독교든 이슬람이든 크게 보고 이해하면 아무런 문제가 없다고 본다. 단군 상을 파괴한 광신도가 동상을 부순 후 그의 마음에 진정한 평화와 행복이 찾아왔을까? 종교수업을 거부한 학생이 모교를 상대로 한 소송에서 이긴 후 마음이 정말 편안했을까? 단군 상을 파괴하기 전 다른 종교를 조금만 더 크게 보았더라면 그는 사회적 비난을 받지 않았을 뿐 아니라 마음의 평화와 내세의 구원도 더 수월하게 달성했을지 모른다. 종교수업을 거부한 학생이 보다 너른 가슴으로 본인의 주관을 가지고 종교수업을 받았더라면 그는 삶의 본질을 이미 달관했을지 모른다. 광대무변한 우주의 진리를 배우고 실천하는 우리 불자들은 이러한 실정법적 승부에 일희일비할게 아니라 다른 종교를 이해하려는 노력을 좀 더 기울여보면 어떨까? 모든 종교인들이 종교 간 화합은 먼저 소통에서 온다는 평범한 진리를 깨닫고 실천할 수만 있다면 종교 간 화합도 불가능한 일은 아니리라 생각된다. 현실적으로 꿈같은 이야기이긴 하지만……

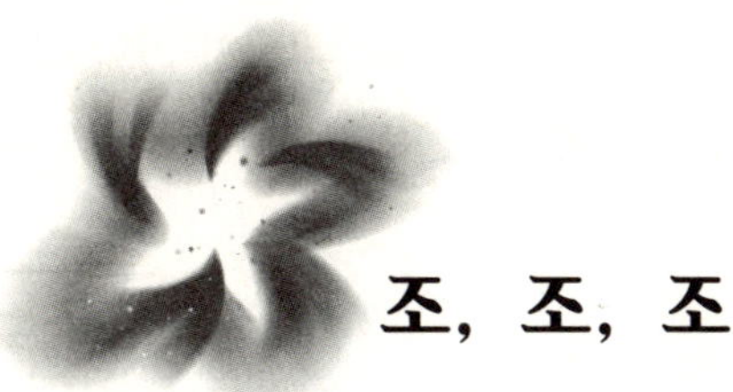

조, 조, 조

조에도 여러 가지가 있다. 조, 조兆, 조鳥.

우선 좁쌀 조가 있다. 이 '조'는 순 우리말로 '조'이며 전라도 사투리로는 '서숙'이라고도 한다. 이 '조'는 이삭이 영글면 잘생긴 가래 똥 모양으로 누렇고 길지만 그 낱알은 아주 작은 점에 불과하다. 신기한 것은 그 한 점의 작은 조 씨가 땅 기운을 받으면 무성히 자라 큰 조 이삭이 된다는 것이다.

한 이삭의 조에 달려 있는 조 알맹이는 셀 수 없을 정도로 많다. 또 조 이삭이 많이 모이면 알갱이 단위로는 도저히 셀 수 없이 많은 수가 된다. 따라서 숫자 '조'와 좁쌀의 '조'는 어원이 같은지도 모른다. 물론 사전에 찾아보면 곡식 조의 '조'는 한자가 없으며, 숫자 조의 '조'는 한자로 '조兆'라고 되어 있다. 그러나 좁쌀의 조도 셀 수 없이 많으니 숫자 조와 통한다고 하지 않을 수 없다.

숫자 조는 매우 많은 수를 나타낼 때 쓰인다. 무슨 국가사업에 예산이 수십조 원이 들어간다든지, 셀 수 없이 많은 생명의 수를 나타낼 때 '억조창생億兆蒼生'이라고 하는 것과 같다. 숫자 '조'는 상상만 할 수 있을 따름이지 그 실체를 보기 어렵다. 예를 들면 정부예산이나 대기업의 자본을 셈할 때가 아니면 보통 사람이 1조원을 셈하기는 매우 어려울 것이다.

조는 새를 뜻하는 '조鳥'도 있다. 새 '조'는 '조류'라고 할 때 쓰고 보통은 순 우리말로 '새'라고 한다. 새들은 곡식이 익을 무렵 곡식밭으로 몰려와 벼나 조를 까먹는다. 가을 논과 밭에는 새를 쫓기 위해 허수아비를 세우고, 딱, 딱, 놀라운 파대 소리를 낸다.

좁쌀의 '조'와 숫자의 '조'는 많은 점에서 통하고, 좁쌀 '조'와 새 '조'는 먹이관계로 통한다. 사람은 '조'를 재배하고 '조(새)'를 쫓고 조밥을 먹으며 애완용으로 조(새)를 기르기도 한다.

조(새)야! 좁쌀 먹고 좁쌀영감은 닮지 말거라. 훨훨 나는 능력으로 억조창생을 관조하라.

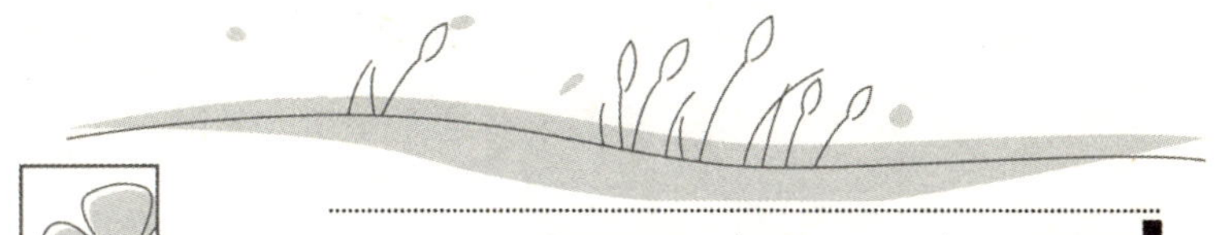

서로를 '깔보는' 사회

인간이 '사회적 동물'이라는 데는 아무도 이의가 없다. 아무리 유능한 사람이라도 혼자서는 살 수 없기 때문이다. 그런데 이 세상을 살아가는 사람들의 생각은 천차만별이다. 혼자 살면 편하다는 생각을 가진 사람들이 의외로 많지만 이런 생각을 전면적으로 부정하는 사람도 부지기수다. 그렇다면 과연 무엇이 행복하고 좋은 삶일까? 혼자 사는 삶일까, 같이 사는 삶일까?

두말할 나위도 없이 행복한 삶은 '서로 함께 하는 삶'이다. 가족이 그렇고, 학교가 그렇고, 직장이 그렇다. 가족과 스승과 친구와 상사 동료와 같이 연관 맺고 살지 않는다면 세상은 너무도 삭막한 것이다. 가족 없는 세상, 스승 없는 세상, 친구 없는 세상, 상사와 동료가 없는 세상은 생각만 해도 무섭다. 가족, 스승, 친구, 상사, 동료와 함께 어울리면서 사랑, 교육, 우정, 경제 등 제반 삶의 문제를 풀어 나가는 것이 정상적인 삶일 것이다.

그런데 우리사회는 언제부터인가 서로를 '깔보는' 사회로 변모되고 있는 것 같다. 우선 가족 사이에서도 깔보는 정도가 심한 경우가 늘어나고 있다. 남편이 아내를 깔보고 아내가 남편을 깔보는 경향, 누나가 동생을 깔보고 동생이 형을 깔보는 경향, 자식이 부모를 무시하고 부모가 자식을 무시하는 경향들이 심심찮게 포착된다. 그리고 그 정도가 심해지면 그 가정은 무너진다. 이혼, 가출, 노숙 등으로 전락되기도 한다.

학교에서 일어나는 '깔봄' 현상도 만만치 않다. 선생님은 학생들을 깔보아 반말하며 일방적으로 따르라고 지시한다. 학생들은 선생님을 깔보고 무시하여 말을 잘 듣지 않는다. '사랑의 매'가 '감정의 매'로 변질되어 형사 고발되기도 한다. 교수들도 대학생들을 깔보는 경향이 포착된다. 학교 이름을 보고 '실력이 없다'는 편견을 갖는다. 대학생들도 교수들을 깔보는 경향이 더러 있어 인사도 하지 않고 모르는 척 지나가며, 수업시간에 엎드려 자는 경우도 흔하다.

직장에서도 '깔봄' 현상이 흔하다. 상사가 부하에게 지시 명령을 할 때 부하의 인격을 무시하기 쉽다. 결재를 하면서 마음에 들지 않으면 서류를 집어던지는 상사도 있다. 부하도 상사를 무시하는 경우가 많다. 처음 부임하여 실무를 잘 모르는 상사는 직원들로부터 배워야하기 때문에 곤란을 겪는 경우가 흔하다. 대개 상사는 부하와 세대차이가 있고 동작이 굼뜨기 때문에 신세대의 빠른 설명과 컴퓨터 손놀림으로는 업무를 배우기가 쉽지 않다.

마지막으로 사회 전체를 조망할 때 현대사회는 서로를 '깔보는' 사회라 말하지 않을 수 없다. 정파는 다른 정파를, 정부부서는 다른 부서를, 종파는 다른 종파를, 회사는 다른 회사를, 학교는 다른 학교를, 전임교수는 시간강사를, 선생은 학생을, 학생은 선생을 겉으로는 안 그런 척 하면서 속으로는 깔보는 경향이 있다. 우리사회가 총체적으로 서로를 깔보는 사회로 변화되는 것 같아 염려스럽다. 우리 현대 교육 60년의 효과가 겨우 이렇게 나타나는 것일까?

"돌맹이로 끓인 국"
맛 좀 보실래요?

"돌맹이로 국을 끓여도 맛있는 국이 된데요. 글쎄."

"그런 게 어디 있냐고요?"

"아 있으니까 말하는 거죠."

"그럼 어디 한번 자초지종自初至終을 들려주세요."

"네, 이건 제 이야기가 아니고요. 어린이 그림책에 나오는 이야기랍니다."

어느 날 스님들이 한 마을에 탁발하러 내려갔습니다. 그런데 그 마을 사람들은 매우 이기적이고 인색하여 스님들이 나타나자 집집마다 문을 닫아버렸습니다. 그러자 지혜로운 스님들은 묘안을 생각해냈습니다. 그리고는 조그만 냄비에다 돌맹이를 넣고 국을 끓이기 시작했습니다. 그러자 지나던 어린이가 물었습니다.

"스님, 여기서 뭐하시는 거예요?"
"돌멩이로 국을 끓인단다. 더 큰 솥이 필요한데 솥이 너무 작구나"

그러자 그 아이는 자기 집에 있는 가마솥을 굴려가지고 왔습니다. 스님들은 큰 가마솥에 물을 많이 붓고 불을 집혔지요. 그러자 어른들도 하나둘씩 구경하러 나왔지요. 스님들은 국에 넣으면 좋은 것들을 하나씩 자연스럽게 말했지요. 사람들은 호기심에서 자기 집에 있는 야채들을 가져오기 시작했습니다. 가마솥에는 돌멩이 외에도 많은 야채와 양념이 들어가게 되었습니다. 드디어 맛있는 국이 완성되자 자연스럽게 마을잔치가 열렸습니다. 사람들은 스님들과 함께 맛있는 국을 나누어 먹으며 행복한 하루를 보냈습니다. 스님들에게는 편안한 잠자리를 마련해 드렸지요.

동화지만 참 아름답죠? 아무리 경제가 어렵다 해도 마음을 열고 서로 도우면 이렇게 행복한 사회를 만들 수 있답니다. 이 그림책 꼭 한번 읽어 보세요. 도서관에 있어요. 이 책의 또 하나의 특징은 목사님이 번역한 책이랍니다.

책 읽는 어린이, 책 읽는 엄마 아빠, 바라만 보아도 참 든든하고 보기 좋은 모습입니다. 그들은 무언가 길을 찾고 있기 때문입니다. "책 속에 길이 있다."는 말처럼 책은 독자에게 길을 안내해 줍니다. 책 읽는 사람은 좋은 길을 잘 찾아가는 사람입니다. 그런데 집에, 도서관에 책이 아무리 많아도 읽지 않으면 길을 찾을 수 없지요. 책은 정성스럽게 잘 읽는 사람에게만 길을 가르쳐 준답니다.

세상에 길은 참 많아요. 지도에 그릴 수 있는 여러 길, 고속도로, 시내도로, 뱃길航路, 비행기 길航空路 등 말이에요. 학교에 갈 때도 도서관에 올 때도 아스팔트길, 오솔길, 산책길 등 여러 길이 있어요. 그런데 놀라운 것은 우리의 마음에도 길이 있다는 것입니다. 무슨 길이냐고요. 우리의 앞날을 조정하는 정말 중요한 길이랍니다.

우리 마음에는 큰 길, 작은 길 모두 있습니다. 확 트인 마음의 큰 길을 옛날 사람들은 도덕道德 : 길 도, 큰 덕이라고 불렀어요. 도덕을 갖춘 사람은 큰 사람으로서 지도자가 되었습니다. 도덕을 갖추지 못한 사람은 아무리 꾀를 내어도 지도자가 되지 못했습니다. 지도자는 반드시 넓고 큰 마음의 길, 즉 도덕을 갖춰야 함을 우리는 역사를 통해 알 수 있습니다.

그런데 그 마음의 큰 길은 무엇을 통해 찾을 수 있을까요? 바로 책을 통해 찾을 수 있습니다. 책에는 온갖 마음의 길이 있답니다. 작은 길을 안내하는 책도 무수히 많이 있고, 큰 길을 안내하는 책도 무수히 많이 있습니다. 작은 길을 안내하는 책을 읽으면 작은 길을 잘 갈 수 있습니다. 큰 길을 안내하는 책을 읽으면 큰 길을 잘 갈 수 있습니다.

책을 안 읽는 사람은 좋은 길을 갈 수 없습니다. 좋은 길을 갈 수 없는 사람은 지도자가 될 수 없습니다. 자기만의 좁은 테두리에 갇혀 맴돌다가 시간을 허비하고 초라하게 살 수밖에 없습니다. 예를 들어볼까요. 거리에 나와 앉아 구걸하는 노숙자들을 보세요. 그들은 대부분 책을 읽지 않습니다. 글자만 어느 정도 알뿐

책을 읽지 않아서 마음의 길을 닦지 못했지요. 그들은 길을 잃어버렸지요. 왜 사는지, 무엇을 해야 하는지, 어디로 가야하는지 갈피를 잡지 못합니다. 따라서 노숙자는 지도자가 될 수 없습니다.

책을 많이 읽는 사람은 큰 길을 갈 수 있습니다. 큰 길을 갈 수 있는 사람은 지도자가 될 수 있습니다. 틈만 나면 책을 읽어 마음의 길을 닦습니다. 방 안에 앉아있어도 갇히지 않고 넓은 세계를 봅니다. 북극, 남극, 아시아, 유럽, 아메리카, 아프리카, 오세아니아를 다 봅니다. 수 천 년의 역사와 앞으로 다가올 먼 미래를 내다보며 희망의 길을 열어갑니다. 세상의 지도자들을 잘 살펴보세요. 지도자는 누구나 책을 많이 읽은 사람이라는 걸 알 수 있습니다. 알렉산더대왕, 나폴레옹, 링컨, 케네디, 오바마, 세종대왕, 안중근…… 그리고 여러분?

마음의 큰 길은 결코 허황된 길이 아닙니다. 사람답게 사는 길, 생명을 존중하는 길, 세계평화를 보장하는 길입니다. 다른 사람, 다른 생명을 보살피고 사랑하는 길입니다. 스스로 생명의 가치를 충분히 발휘하는 행복한 길입니다. 이러한 길은 놀랍게도 책속에 다 들어 있답니다. 도서관이 가지고 있는 책속에는 세상의 거의 모든 길이 들어 있답니다. 개미의 길, 꿀벌의 길, 학자의 길, 교수의 길, 대통령의 길, 성인聖人의 길이 다 들어 있습니다.

　나, 언니, 누나, 엄마, 아빠, 할머니, 할아버지 모두모두 좋은 길을 잘 찾아야 되겠어요. 누구든 길을 잘 못 찾으면 길을 잃고 허둥대지요. 어디로 가야할지, 무엇을 해야 할지 갈피를 잡지 못하지요. 그러나 어린이든 어른이든 책을 읽는 사람은 허둥대지 않습니다. 자신에게 알맞은 길을 찾아 열심히 그 길을 갑니다. 책을 많이 읽는 사람reader은 틀림없이 자신과 남을 잘 다스리는 지도자leader가 된답니다.

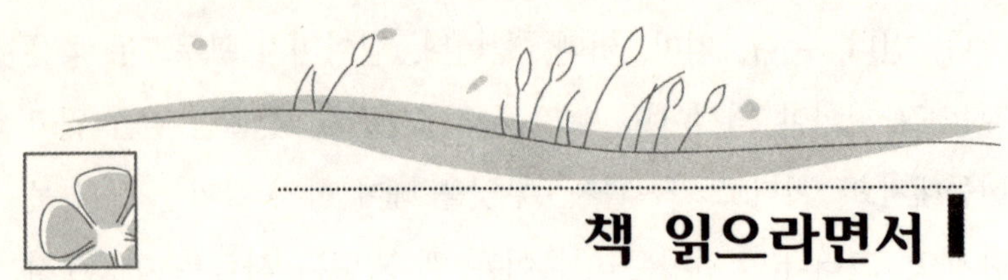

책 읽으라면서

책 읽기를 권장하는 사람들이 많다. 부모들은 물론, 초 · 중 · 고등학교 선생님, 대학교수, 도서관 사서 등 교육문화 활동에 종사하는 모든 분들이 책읽기를 권장하고 있다. 어려서부터 책을 읽으면 그 습관이 어른이 되어서도 이어진다고들 이구동성으로 말한다. 필자 역시 책읽기를 장려하는 그룹에 속해있다. 부모이기도하고, 교수이기도 하고, 사서이기도하다.

그런데 어느 날인가 불현듯 부끄러움이 나의 내면의 한 구석에서 몰려왔다. "나는 과연 책읽기를 생활화하고 있는가?" "이달에는 무슨 책을 읽었는가?" "1년에 좋은 책을 몇 권이나 읽었나?" 가슴에 손을 얹고 생각해보았다. 위의 자문自問에 자신 있게 답할 수 있는 것은 별로 없었다. 읽는다고 해야 연구와 강의에 필요한 논문과 자료들, 이 책, 저 책에서 부분적으로 참고하는 단편적인 테마기사들, 인터넷에 수시로 뜨는 뉴스 기사들이 고작이고 무엇 하나 완벽하게 독파하는 책이 없었다. 반면에 직업이 사서이다보니 책을 만지기는 수없이 만지고 있었다. 도서관의 장서 점검을 할 때, 대출 반납을 할 때, 나의 서재를 정리 정돈 할 때 등 하루도 빠짐없이 책을 어루만지고 있었다.

그렇다면 내가 자녀들에게, 학생들에게, 시민들에게 독서하라고 권장할 수 있는 자격이 있는가? 이 물음에는 더욱 대답하기 힘들 것 같았다. 교사의 자격이 있다고, 대학의 교수라고, 도서관의 사서라고 스스로는 책을 잘 읽지 않으면서 자녀들에게는, 학생들에게는, 시민들에게는 책을 읽는 것이 문화인의 기본이라고 선전한다면 그야말로 어불성설인 것이다. 그리고 이러한 현상이 필자만의 현상인가, 아니면 지식인이라고 자처하는 다른 많은 분들도 비슷한 현상을 '실천'하고 있지는 않는가를 생각해보았다. 역시 대다수의 지식인들도 스스로는 책을 잘 읽지 않고 있다는 생각이 들었다. 이는 어느 분야의 전문가라고 자처하는 분들은 다른 필자가 써 놓은 글들은 잘 읽어보지도 않고 폄하하는 경우를 종종 보아왔기 때문이다. 선생님들은 수업시간이 지나면 다른 할 일이 많다는 이유로 책 읽을 시간이 없다고들 한다. 사서들도 서류처리나 책을 분류 정리할 일이 많아 책 읽을 시간이 없다고들 한다. 그리고 퇴근 후에는 피곤하여 독서할 겨를이 없다고 한다.

이래저래 똑같이 겪고 있고, 일부 어쩔 수 없는 현상이기도 하지만, 교육문화에 종사하는 사람들이 이런 저런 이유로 독서를 소홀히 하고, 그러면서 다른 사람들에게는 독서를 권장하는 것은 아무래도 부끄럽고 모순된 일인 것 같다. 그래서 필자는 깊이 반성하고 관심 있는 주제인 역사와 사회분야의 책을 선택해서 1달에 2권 정도를 읽어야겠다는 뒤늦은 다짐을 한다. 그렇게 하면 스스로의 지식의 지평을 넓힐 수 있을 뿐 아니라 학생들에게도 "이런 책을 읽으니 어떠하더라."고 말하면서 독서를 권장해도 마음이 떳떳함을 느낄 수 있을 것이다. 이 일이 근무시간 중에 어렵다면 퇴근 후 한 두 시간 짬을 내어 독서에 몰두하는 의지가 필요하다. 책 읽기를 권하는 사람은 누구나 스스로 먼저 책을 읽어야 한다고 생각한다. 전문가가 전문성을 유지하는 길도, 경영자, 성직자가 되는 길도 책 읽기를 실천해야만 열릴 수 있다.

국어를 살리는 한글,
한글을 살리는 국어

　우리 민족은 본래 고유한 우리말을 사용하고 있었으나 한글이 창제되기 전까지는 우리글자가 없어 한자를 빌려 써 왔다. 고조선시기에 이미 한사군이 들어왔고 그들이 한자를 전했을 것이라는 유추는 매우 신빙성이 높다. 고구려, 백제, 신라시대의 문자 전래의 역사는 곧 한자 전래의 역사이다. 한자가 전래되면서 우리민족은 말과 문자가 호응되지 않아 큰 혼란을 겪게 되었다. 예를 들면 신라의 향가는 우리노래를 한자의 음을 빌어 吏讀 또는 鄕札이라는 방법으로 표기한 것이다. 우리글이 없었던 때에 우리말로 된 노래를 기록해야 했기 때문에 뜻글자인 한자를 소리글자로 사용한 것이다. 어색하기 짝이 없는 방법이다. 그래서 아직도 향가를 완벽하게 해독해내지 못하고 있다.

삼국시대와 고려시대를 거치면서도 거의 2000년 동안 마땅한 우리글이 없다보니 서민들은 글을 모르는 문맹이었고 학자들은 한자를 가지고 중국의 학문을 공부하지 않을 수 없는 언어 종속국이 되었던 것이다. 그래서 조선조 세종대왕의 주도로 이루어진 훈민정음 창제는 우리 언어사에 있어 일대 혁명이라 해도 과언이 아니다. 우리의 말을 우리의 글로 표현할 수 있는 수단을 마련했기 때문이다.

그런데 문제는 쉽게 풀리지 않았다. 이미 2000여 년 동안 한자에 익숙해진 언어습성 때문이었다. 우리의 언어습관에 이미 한자가 굳건한 뿌리를 내려 모든 학문과 예술이 한자로 표기되었던 것이다. 이러한 뿌리 깊은 한문의 영향은 오늘날까지도 우리 국어에 고스란히 남아 있다. 국어 낱말에 한자말이 약 70%를 차지하고 있는 것은 이 때문이다. 훈민정음을 만들었음에도 불구하고 학문과 예술의 언어로 한글이 상용되지 못하고 20세기말까지 내려옴으로써 한자는 우리 국어의 집에 안방을 차지하고 있는 것이다.

그러나 국어를 한글로 표기함으로써 얻는 편의는 우리 현대교육 60여년의 역사에서 확실히 증명되었다. 일단 남녀노소를 불문하고 한글을 모르는 사람이 거의 없어 문맹률이 0%에 가깝게 되었다. 한글로 글을 쓰고, 컴퓨터자판을 두드리며 이메일을 보낼 수 있어 일상생활의 정보교환이 매우 수월해졌다. 나라의 공문서와 사문서도 모두 한글로 표기하여 한글을 알면 일상적인 정보교환에는 별 문제가 없게 되었다. 학문연구에 있어서도 한문세대가 서서히 물러가고 한글로 논문을 쓰고 학술회의를 하며 모든 대학교육도 한글로 하게 되었다.

물론 국어의 한글전용에 따른 문제점도 없지 않다. 한자말 어원을 가진 어휘의 깊은 뜻을 몰라 국어를 틀리게 사용하는 경우가 늘어나고, 전공자가 아니면 고전이나 동양학 부문의 독해 및 연구를 하기 어려운 상황이 확대되고 있는 것이다. 한글이 국어의 대중화를 살려 큰 편익을 주는 반면 어원적인 의미해석이나 동양학의 기반이 축소되는 단점을 동시에 드러내고 있는 것이다. 따라서 국어의 어원을 정확히 알고 쓰는 언어대중의 노력이 필요하다. 한문을 배우기 위해서라기보다는 국어에 들어와 있는 한자의 어원적 의미를 파악함으로써 국어를 올바로 사용하자는 것이다.

이와는 반대로 새로 만들어지는 한자어의 조합 낱말과 외래어에 의해 우리 고유 말글이 잠식되는 현상이 늘어나고 있다. 우리의 아름다운 말들이 점점 잊혀져가고 외국어나 외래어 심지어 한자 단어 신조어가 늘어나고 있어 국어에서 순 우리말의 어원을 제대로 살리지 못하고 있는 것이다. 앞서 한자의 국어 침투가 불가피한 우리 언어사의 질곡이라면 외래어나 한자 신조어의 무분별한 사용은 현대를 살아가는 언어 대중의 잘못된 언어습관이 빚는 또 하나의 질곡이다.

따라서 이 시점에서 우리에게는 국어를 살리는 한글을 더욱 잘 가꾸고, 한글을 살리는 국어를 더욱 잘 가꾸는 양면적 노력이 필요하다. 국어를 사용하면서 순우리말을 쓰는 습관을 기르는 것은 국어를 살려준 한글을 살리는 길이다. 국어를 사용하면서 한자말의 어원을 이해하려고 노력하는 것은 한글을 살리는 국어를 가꾸는 일이다. 국어를 아름답게 가꾸기 위해서는 우리 언어대중이 한글을 살리는 국어를 사용하는 동시에 국어를 살리는 한글을 사용하는 일상적 노력을 기울여야 하겠다.

내 안에서는 나를 모른다

나는 누구인가? 어떤 사람인가? 수많은 사람들이 이러한 물음을 던졌고, 지금도 던지고 있을 것이다. 필자도 지금 이 순간 내가 누구인지를 알 수 없어 글을 쓰려고 대들었다. 쓰다보면 어렴풋하나마 해답이 좀 나올 것 같은 기대감에서……

"나는 생각한다. 고로 나는 존재한다"고 표현한 데카르트 역시 스스로의 존재를 고민하다가 이런 '궁색한' 답을 내 놓은 것 같다. 그러나 잘 생각해 보면 생각하는 존재가 존재의 전부는 아니다. 우선 천지 만물이 모두 생각하는 존재인가 하는 것이다. 이 지구가, 저 소나무가, 저 강아지가 생각을 할까? 생각하기 때문에 그들이 존재할까? 생각하기 때문에 그들은 스스로 자기 존재를 인식할까? 데카르트의 정의는 그래서 인간 존재의 일부분만을 설명할 수 있을 뿐이다. 그렇지만 인간이 생각할 수 있다고 해서 이 세상에 인간만이 존재하고 있는 것은 아니다. 인간이 생각할 수 있다고 해서 자기 존재의 가치를 항상 잘 인식할 수 있는 것도 아니다.

인간은 자기중심적이다. 아전인수我田引水로 생각하다가 '천동설天動說'이라는 오류가 나왔다. 지금도 "해가 뜨고, 해가 진다(The sun rise, The sun set)"고 한다. 의미 있는 이름이라고 지어놓고 좋아하는 '해오름'이라는 말도 천동설을 기반으로 하는 표현이어서 진리에는 위반된다. 실제의 현상은 '지구돔'이기 때문이다. 진리는 역지사지易地思之 또는 시각을 달리하여 생각한 결과 도출된 경우가 많았다. 자기중심적 사고로는 진리의 발견도 행복한 생활도 달성하기 어려운 것 같다.

그렇다면 진리에 입각하여 우리의 삶을 살기 위해서는 자기중심적으로 생각해서는 안 된다. 학자도 자기전공중심이어서는 훌륭한 학자가 되기 어렵다. 종교인도 자기 종교 중심이어서는 종교인의 제 역할을 하기 어렵다. 인간이 인간중심적으로 과학을 발전시키고 살아온 결과 다른 생명들을 훼손하고 있다. 인간이 발 딛고 살아가는 지구도 병들게 하면서 과학이 발달했다고 좋아하고 있다. 사람들은 지금 삶의 본연의 의미와 가치를 모를 뿐 아니라 온 생명과 자연에 해를 입히면서 그것이 과학적이고 합리적인 삶이라고 착각하고 있는 것 같다.

내 안에서는 나를 모른다. 내 고장에 집착해서는 내 고장을 모른다. 문호를 개방하고 세계인을 불러들여 우리를 알리되 세계인의 눈으로 우리를 역지사지易地思之해야 한다. 모든 지역의 서비스 기관들은 세계를 향해 문호를 개방해야 한다. 시민의 세금으로 운영되는 기관이기 때문에 그 지역주민에게만 서비스해야 한다는 사고방식은 자기중심적, 지역중심적이어서 장기적으로는 오히려 그 고장을 발전시키기 어렵다.

결론적으로 내가 누구인가, 내가 어떻게 사는 것이 올바른 삶인가를 알기 위해서는 나를 떠나 타인의 눈으로 나를 보아야 한다. 인간을 떠나 대 자연의 눈으로 인간을 바라보아야 한다. 그래야만 우리의 진면목을 파악하고 올바로 살아갈 수 있을 것 같다.

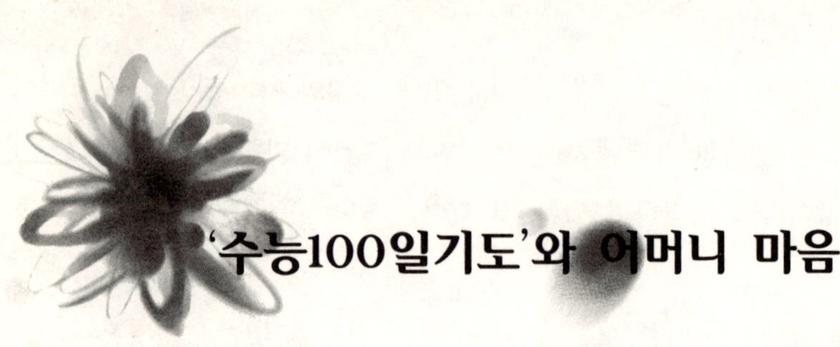

'수능100일기도'와 어머니 마음

해마다 추위가 시작되는 11월이면 대학수학능력시험大學修學能力 試驗이 실시된다. 대학에 들어가서 학문을 닦을 능력이 어느 정도 인가를 공식적으로 판가름하는 교육부의 학력평가제도이다. 대한 민국 정부수립이후 대학입시 제도는 수많은 변화를 겪어왔다. 1980년대 초까지는 간혹 국가고시제도가 있기는 했지만 정부가 대학입시에 직접 관여하지 않고 각 대학들이 자율적으로 입학시 험을 거쳐 학생을 선발했다. 1982년부터는 '대학입학예비고사' 제 도가 도입되었다. 대학에 들어가기 위해서는 누구나 예비고사를 치러야했고, 예비고사에 합격해야만 대학입학시험을 볼 자격이 부여되었다. 1994년부터는 대학입학예비고사가 '대학수학능력시 험'으로 바뀌면서 대학입시에 절대적인 요소로 작용하였다. 대학 을 지망하는 모든 학생들이 '수능시험'을 치러 그 성적에 따라 대학을 지원할 수 있도록 한 것이다. 이처럼 대학입시제도가 제도 개선이라는 이름하에 수없이 바뀌어왔고 지금도 '입학사정관'제도 다 '기여입학'제도다 뭐다 계속 변화를 모색하고 있지만 아직도 누구나 만족할만한 제도를 만들어내지 못하고 있다.

정치제도든 교육제도든 인간의 제도를 인간이 만드는 이상 완전한 것을 만들기는 어려운가보다. 인류 탄생 이후 약 400만년의 세월이 흘렀고, 6천여 년 전 인류문명이 발생되었다고 하지만 아직도 인간은 무엇 하나 완전한 제도, 누구에게나 행복과 평화를 보장하는 사회를 만들지 못하고 있다. 또 이러한 추세라면 앞으로 몇 천 년, 아니 몇 백 만 년의 세월이 흐른다 해도 인간에 의한 완벽한 사회의 건설은 불가능할 것으로 여겨진다. 그렇다면 우리들은 사회제도의 불완전성을 넘어 그러한 불완전성을 극복하고 행복과 평화를 성취할 수 있는 또 다른 방법을 모색하지 않으면 안 된다. 말하자면 우리 모두 제도를 탓하기 보다는 그러한 제도를 넘어서서 저마다 삶의 보람과 행복을 스스로 개척하지 않으면 안 된다는 것이다. 불교는 바로 이러한 인간과 사회의 불완전성, 불합리성, 제한성을 뛰어넘어 세상 만물 '온생명'에 행복과 평화를 선사하는 깨달음의 종교라는 데 그 위대성이 있다고 생각된다. 인간 사회제도는 불완전하지만 사람들이 불교적 깨달음을 증득하는 순간 스스로 행복을 성취하고, 세상 만물 온 생명에 행복

과 평화를 제공할 수 있는 '대승大乘의 능력'을 얻을 수 있기 때문
이다.

이렇게 우리 현실사회의 여러 가지 당면문제들을 불교적 가르
침을 토대로 생각하고 풀어나간다면 우리에게 주어지는 초조와
고통을 극복할 수 있고, 나아가 만족스러운 결과도 성취할 수 있
을 것이다. 사찰에서 이루어지는 '수능시험 100일기도' 역시 같은
맥락에서 생각해야 한다고 본다. 흔히들 절에서 이루어지는 각종
기도를 개인적으로 어떤 사안에 임박해서 일이 잘 풀리게 해달라
고 부처님께 애원하는 '기복신앙'으로 여기기 쉽지만 위에서 지적
한 인간과 사회의 불완전성, 불교적 깨달음의 완전성에 비추어보
면 그러한 기도들이 단지 '기복신앙'만이 아니라 온 생명의 평화
와 행복을 기원하는 대승적 의식이라는 점을 발견할 수 있다. 불
합리하고 고통스러운 사회에 살면서도 이러한 고통을 불교적 신
앙으로 다 같이 해소할 수 있는 깨달음의 길을 모색하는 기도인
것이다.

대학입학 수험생 자녀를 둔 엄마들은 자녀들이 수능시험에서
우수한 성적을 받아 일류대학에 들어갈 수 있도록 해 달라고 간
절히 기도할 것이다. 특히 수험생 엄마들은 각기 그들이 믿는 종
교에 따라 그들의 방식으로 기도하며 자녀들의 일류대학 입학을

염원할 것이다. 당연한 일이다. 그러나 필자가 비록 엄마는 아니지만 학부모로서 초중고와 대학의 자녀교육 과정을 경험했고, 또한 대학교육에 종사하고 있는 한 사람으로서 수험생과 수험생의 엄마들에게 몇 가지 귀띔해드리고 싶은 말이 있다.

첫째, 초등학교 때부터 자녀들의 소질과 능력을 파악해야 한다는 점이다. 부모의 경제적 능력과는 상관없이 자녀들의 소질과 능력은 다 다르기 때문에 소질과 능력을 일찍 발견하면 할수록 자녀의 앞길이 순탄하다는 것이다. 부모가 고위경영자나 교수라고 하더라도 자녀가 부모의 길을 따라 가기는 어려우며, 부모가 가난한 노동자라해서 자녀가 교수가 되지 말라는 법이 없다는 것이다. 그러니 자녀의 소질에 적절한 진로를 잡아주는 것이 부모의 가장 큰 역할인 것 같다.

둘째, 자녀들은 부모의 정성과 사랑을 먹고 자란다는 것이다. 수험생의 어머니는 곧 수험생이다. 자녀에게 공부를 안 한다고 직접적으로 나무라고 야단치는 것을 삼가고, 잘 할 수 있도록 힘을 실어주는 것이 중요하다. 돈을 들여서 억지로 사설학원을 보내기 보다는 가정과 학교에서 여건을 잘 조성해 줄 필요가 있다. 빈부에 관계없이 성실히 일하고 배려하는 화목한 가정 분위기를 만들고, 자녀에게 최대의 정성과 사랑을 쏟는다면 수능성적에 관계없이 '인간적' 인간으로 성장할 수 있을 것이다.

셋째, 자녀를 위한 기도는 '기복적 기도'는 물론 '대승적 기도'를 함께 하는 것이 바람직하다는 생각이다. '수능100일기도'를 단지 자녀가 수능시험에서 좋은 점수를 받기를 비는 직접적인 기도에 국한할 것이 아니라 '사홍서원'과 같은 원대한 서원이 이루어질 수 있기를 염원하는 기도, 불교적 깨달음을 얻어 인류사회의 행복과 평화에 기여하는 큰 기도를 함께하는 것이 불교인으로서 기본적으로 갖추어야할 정신자세라고 생각된다.

수험생 엄마들에게 너무 원론적인 이야기를 늘어놓은 것 같아 쑥스럽다. 그러나 모든 것이 진리로 귀일한다는 불교의 가르침, 자등명 법등명自燈明 法燈明 : 스스로를 등불로 삼고 진리를 등불로 삼아라라는 불교의 가르침은 우리 불교인들의 생활자세가 어떠해야 하는 가를 명쾌하게 제시하고 있다. '하늘보다 높고 바다보다 깊은 어머니의 마음'은 곧 부처님의 마음이며 수험생 어머니의 마음도 결코 예외일 수는 없을 것이다. 우리 모두 지극 정성으로 열심히 기도하시지요. 우리의 자녀를 위해, 수험생을 위해, 나라를 위해, 인류의 행복과 세계 평화를 위해서……

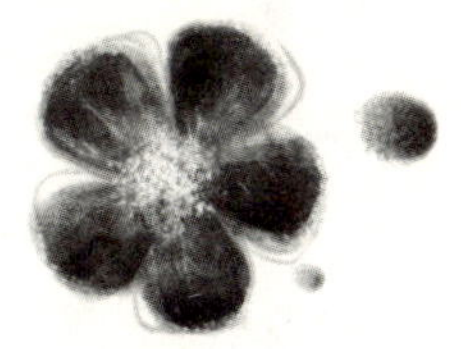

설산의 구도

설산.

나목들 온 몸을 드러내고 서 있다.

하늘로 온 팔 벌려 맑은 공기를 호흡한다.

여기선 성글게, 저기선 촘촘히

높은 데선 높게, 낮은 데선 낮게

무작정 그렇게 서 있는 나무들...

온갖 욕심 땅에 묻고 맑은 물 길어 올려

저 높은 곳을 향해 철야 정진하는 나무들……

설병雪餠 하얀 다랑 논에

새들이 푸두둑 날아오른다.
짚더미로, 논둑으로, 푸루룩, 푸루룩
마른 풀, 나뭇가지에 탁발을 한다.

달처럼 순하게 떠오른 해님
눈부시게 세상을 비춘다.
겨울 산 하얀 광명, 그곳의 구도자 나무들, 산새들.

光明 觀照 於 雪山
광명의 빛 설산에 비추니
裸木 山鳥 求 菩提
나무들 산새들 보리를 찾네.

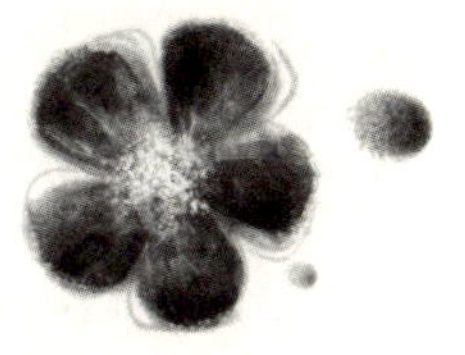

무종교라 하오

무종교라 하오.
그게 편해서……

으뜸 가르침
모두가 진주련만

철모르는 사제들
진주도 마다하고

아집으로 울을 치고
바늘도 튕기는 교?

그래 난
무종교라 하오.

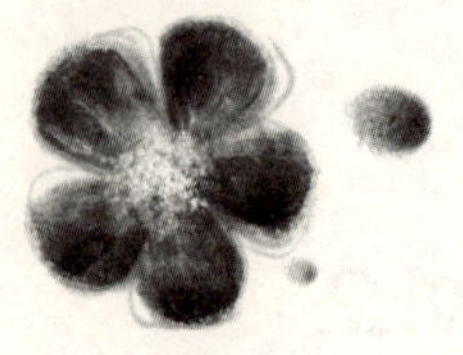

일촌一寸

一寸慾根 幸家易閉

한 마디 욕망으로 행복의 집 무너지고

一寸舌言 聖家易鎖

한 마디 혀끝말로 성인의 집 빗장거니

一寸慾力 加力學問

한 마디 욕망의 힘 학문에 힘을 싣고

一寸舌才 盡力成佛

한 마디 혀끝 재주 성불에 힘을 쏟자

반야심경의 현대적 해석

- 한자 해석을 중심으로 -

반야심경의 현대적 해석

-한자 해석을 중심으로-

학문은 배우고 물어 분별하는 것이다. 그러나 불교의 근본은 분별을 넘어서는 데 있다. 그런데 아이러니한 것은 분별을 넘기 위해서는 먼저 분별을 하지 않으면 안 된다는 것이다. 그래서 반야심경을 비롯한 모든 경전들이 문자로 표현되었다. 따라서 우리는 먼저 그 문자의 뜻을 잘 분별해야 한다. 모든 진리는 문자의 뜻과 그 이면의 뜻을 확연히 알아야만 밝혀진다. 학자는 문자의 뜻을 연구하여 밝히고, 수행자는 그 문자의 뜻을 공부하고 문자를 넘어서서 문자가 표현하지 못하는 광대무변한 진리를 깨닫고 실천한다.

여기 미진하나마 반야심경 270자의 문자의 뜻을 찾아 비교적 신세대에 알맞게 풀이하오니 초심자들이 저마다 그 뜻을 익히고, 스승의 강의를 아로새겨 다 함께 지혜의 배에 오를 수 있기를 빈다.

摩訶般若波羅蜜多心經

1. 摩(마) 문지르다. 갈다. 닳아 없어지다. 비비다. 가까이 하다. 헤아리다. 어루만지다.

   손수 部. 형성문자. 예) 天摩山

2. 訶(가, 하) 혼낼 가. 꾸지람. 스스로 생각한 바를 곧바로 찔러서 말하다. 말씀을 부.

   摩訶(마하)

   '크다', '위대하다'는 뜻의 산스크리트어 마하(Mahā)를 漢字로 표기한 음역(音譯)이다. 따라서 한자 자체의 뜻으로 해석하면 안 된다. 발음만을 나타내기 때문이다.

   예) 菩薩 摩訶薩(보살 마하살, 산스크리트어Mahā sattva) : 크고 위대한 보살.

   摩訶迦葉(마하가섭) : 위대한 가섭. 석가의 10대 제자 중의 한 분. 두타행(頭陀行)의 성자.

   마하트마 간디 : '마하트마(Mahatma)'는 '위대한 영혼'이라는 뜻

   cf. 마하(M, mach) : '마하'는 초음속(超音速)의 단위로서 소리의 속도(340m/초)를 1마하(시속 1,224km), 음속의 5배를 5마하라 한다. 주로 비행기, 로켓, 고속 기류 따위의 속도를 잴 때 쓴다. '마하(摩訶)'와 '마하(M, mach)'가 동일한 어원인지는 확실하지 않으나 '크다' 는 의미에서는 공통된다.

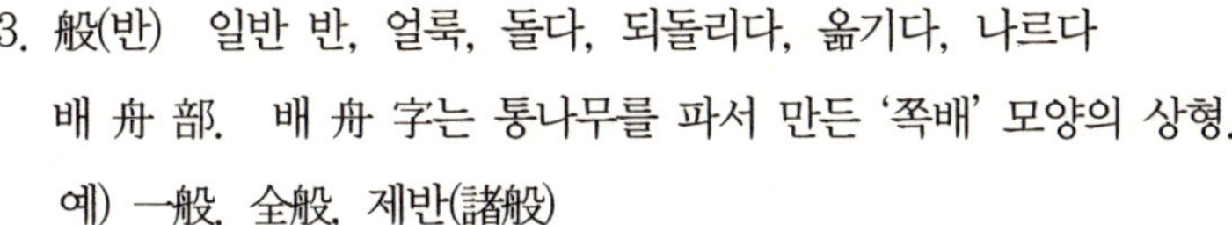

3. 般(반) 일반 반, 얼룩, 돌다, 되돌리다, 옮기다, 나르다

   배 舟 部. 배 舟 字는 통나무를 파서 만든 '쪽배' 모양의 상형.

   예) 一般. 全般, 제반(諸般)

4. 若(약, 야) 같을 약. 어리다, 만약, 반야 야. 원래 발음은 '약'이지만

   불교에서는 '야'로 읽는다.

   초두머리(++, 艸) 部, 초++는 초목의 새싹이 돋아나는 모양

   예) 萬若(만약), 知子莫若父(지자막약부) : 자식(子息)의 어질고 어리

       석음은 남보다 그 아버지가 가장 잘 앎. 丁若鏞(정약용)

       (1762~1836) 조선(朝鮮) 정조(正祖) 때의 대학자. 호는 茶山(다산).

       般若(반야)

       '智慧'를 의미하는 산스크리트어 prajña를 음역한 것.

5. 波(파, 바) 물결, 진동하는 결, 움직이다. 방죽 (피). 원래 발음은 '파'

   인데 불교에서는 '바'로 읽음. 삼수변 部. 8획. 물 水자는 물의 흐름

   을 본뜬 글자

   뜻을 나타내는 氵(水, 氺)部와 음(音)을 나타내는 皮(피→파로 變

   音)로 형성

   예) 파도(波濤). 波長, 電波

6. 羅(라, 나) 벌리다. 그물. 비단. 늘어서다.

   넉 사 部. 四는 그물의 벼리와 그물코의 모양을 본뜬 글자.

   예) 新羅, 羅列, 全羅道, 羅紗店

7. 蜜(밀) 꿀 밀. 벌꿀. 벌레충 部.

   예) 採蜜(채밀) 꿀을 뜸. 甛言蜜語(첨언밀어) 듣기 좋은 말. 남을 꾀

       기 위한 달콤한 말

甛蜜蜜(첨밀밀) 1996년에 나온 영화 제목(대만)

8. 多(다) 많을 다. 낫다. 아름답게 여기다. 저녁석 部.

저녁夕은 저물어 가는 하늘에 뜬 반달 모양을 본떠 저녁을 나타냄

多는 신에게 바치는 고기를 쌓은 모양으로 물건(物件)이 많음을 나타

냈으나 점차 저녁이 쌓여서 多가 되었다고 생각하게 되었음.

예) 多多益善 : 많으면 많을수록 좋다. 多樣(다양). 過多(과다).

波羅蜜多(바라밀다)

산스크리트어 파라마(parama : '최고'라는 뜻)에서 파생된 말인

파라미타(pāramitā)를 漢字로 음역한 것이며, 완성, 피안(彼岸)

등을 의미한다. 즉, 보살이라면 누구나 완전하게 이루어야 하는

덕목으로 보통 6바라밀다로 나눈다. 6바라밀다(六波羅蜜多)는

보시(布施), 지계(持戒), 인욕(忍辱), 정진精進), 선정(禪定), 지

혜(智慧)로 이루어져 있다.

9. 心(심) 마음, 생각, 가슴, 염통, 근본, 가운데.

마음심部. 예) 心臟(심장), 核心(핵심), 慈悲心(자비심), 心術(심술):

온당(穩當)하지 않고 고집(固執)스러운 마음. 남이 잘못되는 것을

좋아하는 마음보

10. 經(경) 다스리다. 글. 경서. 길. 법. 도리. 기본 틀. 경도(經度), 실

사部.

예) 經典, 經書, 經濟(경제), 全經聯(전경련)

經度(경도 longitude): 천정(天頂 북극)과 천저(天底 남극)를 통

하는 무수(無數)한 대원(大圓). 천구(天球)의 양극을 수직으로

통과(通過)하는 가상의 원. 지구상에서 본초자오선(本初子午線)

을 기준으로 동쪽 또는 서쪽으로 멀어지는 위치 구분선, 경도의
단위는 도(°)이며, 180°E(동경 180도)부터 180°W(서경 180도)
까지의 범위 안에 있다. 赤道(적도 equator)를 기준으로 잡는
緯度(위도 Latitude)와 함께 지구상의 위치를 나타내는 척도.
경도의 기준은 한동안 지역에 따라 달랐으나 1884년에 국제회
의에서 영국 그리니치 천문대를 지나는 자오선을 본초(최초)자
오선으로 삼음. 經線. 經典(경전)은 기본 틀이 되는 책.
心經(심경)
핵심(核心) 경전(經典),

摩訶般若波羅密多心經
위대한 지혜의 피안에 이르는 핵심경전

11. 觀(관) 보다. 보이다. 생각. 모양

볼견 部. 見은 사람(人)이 눈(目)으로 보다는 의미.

예) 觀察, 人生觀, 世界觀,

12. 自(자) 스스로, 저절로, 자기, 몸소, 부터(from)

스스로 自 部, 6획, 사람의 코 모양을 본뜬 글자. 코를 가리키며 코
로 자기를 나타낸 데서 연유. 코를 뜻하는 글자는 코 鼻(비)자가 있
음. 眼 耳 鼻 舌 身. 예) 自身(스스로의 몸), 自信(스스로를 믿음),
自信感(스스로 할 수 있다고 믿는 감정), 自己(나), 自動化, 自然,

自家撞着 : 自己의 言行이 전후 모순(矛盾)되어 일치(一致)하지 않음. 모순(矛盾), 이율배반(二律背反), 자기모순(自己矛盾)

13. 在(재) 있다. 존재(存在)하다. 예)재학생(在學生), 在京(서울에 있는)

14. 菩(보) 보살

15. 薩(살) 보살. 산스크리트어 bodhisattva를 음역한 '菩提薩陀(보리살타)'의 줄인 말. 보디(bodhi)는 깨달음, '사트바(sattva)'는 '존재하다'의 뜻.

觀自在菩薩(관자재보살)

觀世音菩薩의 다른 표현. 관세음보살은 세상의 모든 소리를 듣고 관조할 수 있는 현명한 자. 관자재보살은 스스로 있는 그대로 보고 깨달음을 이루려고 하는 자로 결국은 같다.

---

16. 行(행) 길을 가다. 실천하다. 행(行하)다. 수행(修行)

17. 深(심) 깊다.
    예)심오(深奧하다. 심연(深淵) 깊은 연못, 깊은 바다(深海)

18. 般(반) 일반 반.

19. 若(약, 야) 같을 약.

20. 波(파, 바) 물결 파.

21. 羅(라) 벌릴 라.

22. 蜜(밀) 꿀 밀.

23. 多(다) 많을 다.

24. 時(시) 때 시.

　　예) 시간(時間), 시각(時刻), 일시(日時)

> **行 深般若波羅蜜多時**(행 심반야바라밀다시)
>
> 깊은 지혜(반야)의 바라밀다인 보시(布施), 지계(持戒),
> 인욕(忍辱), 정진精進), 선정(禪定), 지혜(智慧)를 실
> 천할 때

25. 照(조) 비출 조, 견주어 볼 조.

　　예) 대조(對照) 대조표(對照表)

26. 見(견) 볼 견.

　　예) 견학(見學) : 보고 배우는 일.

　　　　견물생심(見物生心) : 물건을 보면 소유하고 싶은 마음이 일어남.

27. 五(오) 다섯 오.

28. 蘊(온) 쌓을 온, 모을 온. 오온(五蘊) : 세상의 다섯 가지 구성요소
　　즉, 색(色), 수(受), 상(想), 행(行), 식(識).

29. 皆(개) 모두, 다 같이.

　　예) 국민개병주의(國民皆兵主義) : 국민 모두가 군대에 갈 의무를 부
　　　　과하는 주의.

30. 空(공) 하늘 공, 텅 비어 있다.

　　예) 공중(空中), 창공(蒼空) : 푸른 하늘

> 照見 五蘊皆空 오온(색, 수, 상, 행, 식)이 모두
> 비어 있다는 것을 비추어 보고

31. 度(도) 건너다. 재다.

32. 一(일) 하나 일. 예) 일인자(一人者). 일인일기(一人一技)

33. 切(체, 절) 모두 체. 끊을 절. 일체(一切) : 긍정의 뜻으로 모든 것
    이 다 있음. '안주 일체' : 모든 안주가 다 있음.
    일절(一切) : 부정의 뜻으로 모든 것이 전부 없음.
    '안주 일절'이라고 쓰면 모든 안주가 없다는 뜻.

34. 苦(고) 쓸 고, 고배(苦杯) : 쓴 잔

35. 厄(액) 재앙 액, 고액(苦厄) : 고난(苦難)과 재액(災厄), 괴롭고 힘든
    일, 재앙(災殃)으로 인한 불운

> 度一切苦厄(도일체고액) 일체의 괴로움을 건너서다.

36. 舍(사) 버릴 사, 집 사, 벌여놓을 석. 사랑방(舍廊房) : reception
    room in a house for male guests.

37. 利(리, 이) 이로울 리. 이익(利益), 이자(利子), 사리사욕(私利私慾)

38. 子(자) 아들 자, 맏아들 자, 당신 자.

> **舍利子, 舍利弗** : 석가의 10대 弟子 가운데 한 사
> 람인 '사리푸트라'의 음역. 지혜가 제일 밝았다고 함.

39. 色(색) 빛, 물질
40. 不(불) 아니다.
41. 異(이) 다르다.
42. 空(공) 비다.

> **色不異空** 물질은 텅 빈 것과 다르지 않다.

43. 空(공) 비다. 하늘. 허공
44. 不(불) 아니다.
45. 異(이) 다르다. 같지 않다.
46. 色(색) 빛, 물질

> **空不異色** 텅 비어 있는 것은 물질과 다르지 않다.

47. 色(색) 빛, 물질
48. 卽(즉) 곧, 다시 말해서
49. 是(시) 옳다. ~이다.
50. 空(공) 비다.

> **色卽是空**(색즉시공) 물질은 곧 텅 빈 것이다.

51. 空(공) 비다, 하늘, 허공
52. 卽(즉) 곧, 바로
53. 是(시) 옳다. ~이다.
54. 色(색) 빛, 물질

> **空卽是色**(공즉시색) 텅 비어 있는 것이 곧 물질이다.

55. 受(수) 받다. 받아들이다.
56. 想(상) 생각하다. 상상(想像)
57. 行(행) 가다. 행하다. 행정(行政) : 정책을 실행하는 것
58. 識(식) 알다. 기록하다. 인식(認識), 의식(意識)
59. 亦(역) 또한, 역시(亦是)
60. 復(복, 부) 회복할 복, 다시 부
61. 如(여) 같다. 여시(如是) 이와 같다. 如是我聞 : 내가 들은 바는 이와 같다.
62. 是(시) 옳다. ~이다. 이것.

> **受想行識 亦復如是**(수상행식역부여시)
> 받아들여 느끼는 것, 생각하는 것, 행동하는 것, 의
> 식하는 것 또한 이와 똑같다.

63. 舍(사) 집
64. 利(리) 이익
65. 子(자) 아들
66. 是(시) 옳다, ~이다.
67. 諸(제) 모두
68. 法(법) 법, 방법
69. 空(공) 비다.
70. 相(상) 서로, 바탕, 모양

> # 舍利子 是諸法空相(사리자 시제법공상)
> 사리자여 이 모든 법의 비어 있는 모양은

71. 不(불) 아니다
72. 生(생) 태어나다.
73. 不(부, 불) 아니다.
74. 滅(멸) 없어지다. 사라지다.
75. 不(부, 불) 아니다.
76. 垢(구) 더럽다
77. 不(부, 불) 아니다.
78. 淨(정) 깨끗하다.
79. 不(부, 불) 아니다.
80. 增(증) 더하다. 늘다. 겹치다.

81. 不(부, 불) 아니다.

82. 減(감) 줄다. 꺼지다.

> **不生不滅 不垢不淨 不增不減**(불생불멸 불구부
> 정 부증불감) 생겨나는 것도 아니고 사라지는 것도
> 아니며, 더러운것도 아니고 깨끗한 것도 아니며, 늘
> 어나는 것도 아니고 줄어드는 것도 아니다.

83. 是(시) 옳다. ~이다.

84. 故(고) 까닭

85. 空(공) 비다

86. 中(중) 가운데

87. 無(무) 없다.

88. 色(색) 빛, 물질

> **是故空中無色**(시고공중무색)
> 이런 까닭에 비어 있는 가운데에는 물질이 없으며,

89. 無(무) 없다.

90. 受(수) 받다.

91. 想(상) 생각하다.

92. 行(행) 가다. 행하다.
93. 識(식) 의식하다.

> 無受想行識(무수상행식) 받아들여 느끼는 것, 생
> 각하는 것, 행동하는 것, 의식하는 것이 없다.

94. 無(무) 없다.
95. 眼(안) 눈
96. 耳(이) 귀
97. 鼻(비) 코
98. 舌(설) 혀
99. 身(신) 몸
100. 意(의) 뜻, 의식

> 無眼耳鼻舌身意(무안이비설신의)
> 눈, 귀, 코, 혀, 몸, 의식도 없고,

101. 無(무) 없다.
102. 色(색) 빛, 물질
103. 聲(성) 소리
104. 香(향) 냄새
105. 味(미) 맛

106. 觸(촉) 촉각
107. 法(법) 진리

> **無色聲香味觸法**(무색성향미촉법)
>
> 빛과 소리와 냄새와 맛과 감촉과 진리도 없다.

108. 無(무) 없다.
109. 眼(안) 눈
110. 界(계) 경계
111. 乃(내) 이에
112. 至(지) 이르다. 도달하다.
113. 無(무) 없다.
114. 意(의) 뜻, 의미
115. 識(식) 알다. 인식하다.
116. 界(계) 경계

> **無眼界乃至無意識界**(무안계내지무의식계)
>
> 눈의 경계도 없고 내지 의식의 경계도 없으며

117. 無(무) 없다.
118. 無(무) 없다.
119. 明(명) 밝다.

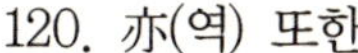

120. 亦(역) 또한

121. 無(무) 없다.

122. 無(무) 없다.

123. 明(명) 밝다.

124. 盡(진) 다하다.

> 無無明亦無無明盡(무무명역무무명진)
> 무명도 없으며 또한 무명이 다함도 없다.

125. 乃(내) 이에

126. 至(지) 이르다. 다다르다.

127. 無(무) 없다.

128. 老(노) 늙다.

129. 死(사) 죽다.

130. 亦(역) 또한

131. 無(무) 없다.

132. 老(노) 늙다.

133. 死(사) 죽다.

134. 盡(진) 다하다.

> 乃至無老死亦無老死盡(내지무노사 역무노사진)
> 내지 늙고 죽음도 없고 또한 늙고 죽음이 다함도 없다.

135. 無(무) 없다.

136. 苦(고) 쓰다. 괴롭다.

137. 集(집) 모으다.

138. 滅(멸) 없어지다. 사라지다.

139. 道(도) 길

140. 無(무) 없다.

141. 智(지) 슬기, 꾀, 지혜

142. 亦(역) 또한

143. 無(무) 없다.

144. 得(득) 얻다.

145. 以(이) 까닭

146. 無(무) 없다.

147. 所(소) ~바

148. 得(득) 얻다. 소득(所得) : 얻은 바, 수입

無苦集滅道 無智亦無得 以無所得(무고집멸
도 무지역무득, 이무소득) 괴로움, 괴로움의 집합,
괴로움의 사라짐, 깨달음의 길도 없다. 지혜도 없고
또한 얻을 것도 없으며 따라서 아무 얻는 바가 없다.

149. 故(고) 까닭

150. 菩(보) 보살 보

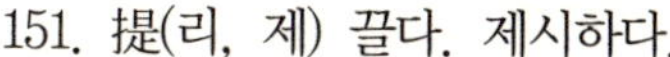

151. 提(리, 제) 끌다. 제시하다.

152. 薩(살) 보살 살

153. 陀(타) 비탈지다. 무너지다.
菩提薩陀(보리살타) : 산스크리트어 bodhisattva의 음역(佛陀는 Buddha의 음역). '보디(bodhi)'는 깨달음, '사트바(sattva)'는 '존재하다'의 뜻. 보살. 깨닫고자 노력하는 존재.

154. 依(의) 의지하다.

155. 般(반) 일반

156. 若(약, 야) 같다. 어리다, 만약.

157. 波(파, 바) 물결, 진동하는 결, 움직이다.

158. 羅(라, 나) 벌리다. 그물. 비단. 늘어서다.

159. 蜜(밀) 꿀. 벌꿀

160. 多(다) 많다.

> 故 菩提薩陀 依般若波羅蜜多(고 보리살타 의 반야바라밀다) 그러므로 보리살타(보살)는 반야바라 말다에 의지한다.

161. 故(고) 까닭

162. 心(심) 마음

163. 無(무) 없다.

164. 罣(괘) 거리끼다

165. 碍(애) 거리끼다. 장애

故 心無罣碍(고 심무괘애)

그러므로 마음에 걸리는 장애가 없다.

166. 無(무) 없다.

167. 罣(괘) 거리끼다

168. 碍(애) 거리끼다. 장애

169. 故(고) 까닭

170. 無(무) 없다

171. 有(유) 있다. 가지다.

172. 恐(공) 두렵다.

173. 怖(포) 두려워하다. 공포(恐怖) 무서움과 두려움

174. 遠(원) 멀다. 원근(遠近) : 멀고 가까움

175. 離(리) 떠나다. 이별하다. 이별(離別)

176. 顚(전) 엎드리다.

177. 倒(도) 넘어지다. 전도(顚倒) 엎어져 넘어짐. 뒤바뀜(主客이 顚倒되다.)

178. 夢(몽) 꿈. 해몽(解夢) 꿈 해석

179. 想(상) 생각하다.

無罣碍故 無有恐怖 遠離顚倒夢想(무괘애고 무유공포 원리전도몽상) 걸리는 장애가 없으므로 두려움이 없어지고 뒤바뀐 헛된 생각을 멀리 떠나

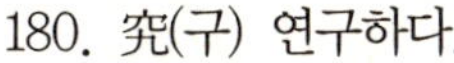

180. 究(구) 연구하다.

181. 竟(경) 마침내, 드디어, 끝.

182. 涅(열) 진흙 극락에 가다.

183. 槃(반) 쟁반. 즐기다. 멈추다.

> 열반(涅槃) : Nirvana의 음역, 일체(一切)의 괴로움
> 을 벗어난 최고(最高)의 경지(境地).
>
> 究竟涅槃(구경열반)
>
> 끝까지 연구하여 마침내 극락에 도달한다.

184. 三(삼) 셋

185. 世(세) 세상 세

186. 諸(제) 모두

187. 佛(불) 부처

188. 依(의) 의지하다.

189. 般(반) 일반

190. 若(야) 같을 약.

191. 波(파, 바)) 물결

192. 羅(라) 벌릴다.

193. 蜜(밀) 꿀, 꿀벌

194. 多(다) 많다.

三世諸佛 依般若波羅蜜多(삼세제불 의 반야바라밀다)
삼세(과거, 현재, 미래)의 모든 부처님이 반야바라밀
다에 의지하다.

195. 故(고) 까닭
196. 得(득) 얻다.
197. 阿(아) 언덕, 아프리카
198. 耨(누) 김매다. 없애다. 호미. 괭이 부경에서는 '뇩'으로 발음
199. 多(다) 많다.
200. 羅(라) 벌리다.
201. 三(삼) 셋
202. 藐(묘, 막) 멀다. 작다. 아득하다.
203. 三(삼) 셋
204. 菩(보) 보살
205. 提(제, 리) 끌다. 제시하다. 보리(菩提)는 bodhi의 음역. '깨달음'
   또는 '자각'이라는 뜻
   삼보리(三菩提) : 진성보리(眞性菩提), 실지보리(實智菩提), 방편보
   리(方便菩提)

故得阿耨多羅三藐三菩提(고 득아누다라삼막삼
보리) 무등정각(無等正覺) 비할 데 없는 깨달음이라는
뜻의 산스크리트어 음역. '아뇩다라삼먁삼보리'로 발음.
그러므로 아누다라삼막삼보리라는 깨달음(正覺)을 얻게 된다.

206. 故(고) 까닭, 그러므로

207. 知(지) 알다.

208. 般(반) 일반

209. 若(약, 야) 만약, 반야

210. 波(파, 바) 물결

211. 羅(라) 벌리다.

212. 蜜(밀) 꿀, 꿀벌

213. 多(다) 많다.

故知般若波羅蜜多(고 지반야바라밀다)

그러므로 반야바라밀다가(다음과 같음을) 알라.

---

214. 是(시) 이것, 옳다. ~이다.

215. 大(대) 크다.

216. 神(신) 귀신, 신비하다. 神秘

217. 呪(주) 주문

218. 是(시) 이것, ~이다. 옳다.

219. 大(대) 크다.

220. 明(명) 밝다.

221. 呪(주) 주문

222. 是(시) 이것, ~이다. 옳다.

223. 無(무) 없다.

224. 上(상) 위

225. 呪(주) 주문

226. 是(시) 이것, ~이다. 옳다.

227. 無(무) 없다.

228. 等(등) 같다.

229. 等(등) 같다.

230. 呪(주) 주문

是大神呪 是大明呪 是無上呪 是無等等呪

(시대신주 시대명주 시무상주 시무등등주)

이는 크고 신비한 주문이며, 크고 밝은 주문이며, 더 이상 높은 것이 없는 주문이고, 같은 것이 없는 주문이다.

231. 能(능) 할 수 있다. 능하다. 能力

232. 除(제) 덜다, 없애다. 버리다

233. 一(일) 하나

234. 切(체) 온통, 끊다.

235. 苦(고) 괴로움, 고통

能除一切苦(능제일체고)

모든 괴로움을 없앨 수 있다.

236. 眞(진) 참되다.

237. 實(실) 열매,

238. 不(불) 아니다.

239. 虛(허) 비다. 공허하다.

眞實不虛(진실불허)

진실하여 공허하지 않다.

240. 故(고) 까닭, 그러므로

241. 說(설) 말하다. 설명하다.

242. 般(반) 일반

243. 若(야) 만약

244. 波(파) 물결

245. 羅(라) 벌리다.

246. 蜜(밀) 꿀, 꿀벌

247. 多(다) 많다.

248. 呪(주) 주문

249. 卽(즉) 곧

250. 說(설) 말하다.

251. 呪(주) 주문

252. 曰(왈) 가라사대

> 故說般若 波羅蜜多呪 卽說呪曰(고설반야바
> 라밀다주 즉설주왈)
> 그러므로 반야바라빌다의 주문을 말하니 주문은 곧
> 다음과 같다.

253. 揭(게) 높이 들다. 걸다. 걷다.
254. 諦(제, 체) 살피다. 자세히 알다. 울다(체)
255. 揭(게) 높이 들다. 걸다. 걷다.
256. 諦(제, 체) 살피다. 자세히 알다. 울다(체)
257. 波(파) 물결
258. 羅(라) 벌리다.
259. 揭(게) 높이 들다. 걸다. 걷다.
260. 諦(제, 체) 살피다. 자세히 알다. 울다(체)
261. 波(파) 물결
262. 羅(라) 벌리다.
263. 僧(승) 중, 스님. 마음이 편한 모양
264. 揭(게) 높이 들다. 걸다. 걷다.
265. 諦(제, 체) 살피다. 자세히 알다. 울다(체)
266. 菩(보) 보살
267. 提(제) 끌다, 이끌다.
268. 娑(사) 사바세상. 춤추다. 너풀거리다.

269. 婆(파, 바) 할머니, 늙은 여자, 춤추는 모양

270. 訶(가, 하) 꾸짖다. 혼내다. 책망하다.

사바하 : '원만 성취'라는 뜻. 주문의 끝에 붙여 그 내용이 성취
되기를 기원하는 말.

揭諦揭諦波羅揭諦波羅僧揭諦菩提娑婆訶
(게체게체파라게체파라승게체보리사바하 : 범어
Gate Gate paragate parasamgate Bodhi Svaha의
음역. 사찰에서는 '아제아제바라아제바라승아제모지
사바하'로 발음)
가자, 가자, 피안으로 가자, 모두 함께 지혜의 세계
로 갈지어다.

摩訶般若波羅蜜多心經
(마하반야바라밀다심경)
위대한 지혜의 피안에 이르는 핵심 경전

觀自在菩薩 行深般若波羅蜜多時

(관자재보살 행심반야바라밀다시)

관자재보살(관세음보살)이 깊은 지혜(반야)의 바라밀다(6바라밀
: 보시(布施), 지계(持戒), 인욕(忍辱), 정진精進), 선정(禪定), 지혜
(智慧)를 실천할 때

照見 五蘊皆空 (조견 오온개공)

오온(색 수 상 행 식)이 모두 비어 있음을 비추어 보고

度一切苦厄 (도 일체고액)

일체의 괴로움을 건너서다.

舍利子 色不異空 空不異色

(사리자 색불이공 공불이색)

사리푸트라여 물질은 빈 것과 다르지 않고, 비어 있는 것은 물질과 다르지 않다.

色卽是空 空卽是色(색즉시공 공즉시색)

물질은 곧 빈 것이고, 비어 있는 것이 곧 물질이다.

受想行識 亦復如是(수상행식 역부여시)

받아들여 느끼는 것, 생각하는 것, 행동하는 것, 의식하는 것 또한 이와 같다.

舍利子 是諸法空相 不生不滅 不垢不淨 不增不減

(사리자 시제법공상 불생불멸 불구부정 부증불감)

사리자여 이 모든 법의 비어 있는 모양은 생겨나는 것도 아니고 사라지는 것도 아니며, 더러워지는 것도 아니고 깨끗해지는 것도 아니며, 늘어나는 것도 아니고 줄어드는 것도 아니다.

是故空中無色 無受想行識

(시고공중무색 무수상행식)

이런 까닭에 비어 있는 가운데에는 물질이 없으며 받아들여 느끼는 것, 생각하는 것, 행동하는 것, 의식하는 것이 없다.

無眼耳鼻舌身意 無色聲香味觸法

(무안이비설신의 무색성향미촉법)

눈, 귀, 코, 혀, 몸, 뜻도 없고, 빛과 소리와 냄새와 맛과 감촉과 진리도 없다.

無眼界乃至無意識界(무안계내지무의식계)

눈의 경계도 없고 내지 의식의 경계도 없으며

無無明亦無無明盡(무무명역무무명진)

무명도 없으며 또한 무명이 다함도 없다.

乃至無老死亦無老死盡(내지무노사 역무노사진)

내지 늙고 죽음도 없고 또한 늙고 죽음이 다함도 없다.

無苦集滅道　無智亦無得　以無所得

(무고집멸도 무지역무득, 이무소득)

괴로움, 괴로움의 집합, 괴로움의 사라짐, 깨달음의 길도 없다. 지혜도 없고 또한 얻을 것도 없으며 따라서 아무것도 얻는 바가 없다.

故　菩提薩陀　依般若波羅蜜多

(고 보리살타 의반야바라밀다)

그러므로 보리살타(보살)는 반야바라밀다에 의지한다.

故 心無罣碍(고 심무괘애)

그러므로 마음에 걸리는 장애가 없다.

無罣碍故 無有恐怖 遠離顚倒夢想

(무괘애고 무유공포 원리전도몽상)

걸리는 장애가 없으므로 두려움이 없어지고 뒤바뀐 헛된 생각을 멀리 떠나

究竟涅槃(구경열반)

끝까지 연구하여 마침내 극락에 도달한다.

三世諸佛 依般若波羅蜜多

(삼세제불 의 반야바라밀다)

삼세(과거, 현재, 미래)의 모든 부처님이 반야바라밀다에 의지하다.

故得阿耨多羅三藐三菩提

(고 득아누다라삼막삼보리)

그러므로 아누다라삼막삼보리라는 깨달음을 얻게 된다.

故知般若波羅蜜多(고 지반야바라밀다)

그러므로 반야바라밀다가 (다음과 같음을) 알라.

是大神呪 是大明呪 是無上呪 是無等等呪

(시대신주 시대명주 시무상주 시무등등주)

이는 크고 신비한 주문이며, 크고 밝은 주문이며, 더 이상 높은
것이 없는 주문이고, 비교할 것이 없는 주문이다.

能除一切苦(능제일체고)

모든 괴로움을 없앨 수 있다.

眞實不虛(진실불허)

진실하여 공허하지 않다.

故說般若 波羅蜜多呪 卽說呪曰

(고설반야바라밀다주 즉설주왈)

그러므로 반야바라빌다의 주문을 말하니 주문은 곧 다음과 같다.

揭諦揭諦波羅揭諦波羅僧揭諦菩提娑婆訶

(게체게체파라게체파라승게체보리사바하)

아제아제바라아제바라승아제모지사바하
(가자, 가자, 피안으로 가자, 모두 다 함께 저 지혜의 세계로 갈지어다.)

摩訶般若波羅蜜多心經
(마하반야바라밀다심경)

觀自在菩薩　行深般若波羅蜜多時

(관자재보살　행심반야바라밀다시)

照見　五蘊皆空 (조견　오온개공)

度一切苦厄 (도　일체고액)

舍利子　色不異空　空不異色(사리자　색불이공　공불이색)

色卽是空　空卽是色(색즉시공　공즉시색)

受想行識　亦復如是(수상행식　역부여시)

舍利子　是諸法空相　不生不滅　不垢不淨　不增不減

(사리자　시제법공상　불생불멸　불구부정　부증불감)

是故空中無色　無受想行識(시고공중무색　무수상행식)

無眼耳鼻舌身意　無色聲香味觸法

(무안이비설신의　무색성향미촉법)

無眼界乃至無意識界(무안계내지무의식계)

無無明亦無無明盡(무무명역무무명진)

乃至無老死亦無老死盡(내지무노사　역무노사진)

無苦集滅道 無智亦無得 以無所得

(무고집멸도 무지역무득, 이무소득)

故 菩提薩陀 依般若波羅蜜多(고 보리살타 의반야바라밀다)

故 心無罣碍(고 심무괘애)

無罣碍故 無有恐怖 遠離顚倒夢想

(무괘애고 무유공포 원리전도몽상)

究竟涅槃(구경열반)

三世諸佛 依般若波羅蜜多(삼세제불 의반야바라밀다)

故得阿耨多羅三藐三菩提(고 득아누다라삼막삼보리)

故知般若波羅蜜多(고 지반야바라밀다)

是大神呪 是大明呪 是無上呪 是無等等呪

(시대신주 시대명주 시무상주 시무등등주)

能除一切苦(능제일체고)

眞實不虛(진실불허)

故說般若 波羅蜜多呪 卽說呪曰

(고설반야바라밀다주 즉설주왈)

揭諦揭諦波羅揭諦波羅僧揭諦菩提娑婆訶

(게체게체파라게체파라승게체보리사바하)

(범어: Gate Gate paragate parasamgate Bodhi Svaha)
    (아제아제바라아제바라승아제모지사바하)

摩訶般若波羅蜜多心經
위대한 지혜의 피안에 이르는 핵심 경전

관자재보살(관세음보살)이 깊은 지혜(반야)의 바라밀다(6바라밀 : 보시(布施), 지계(持戒), 인욕(忍辱), 정진精進), 선정(禪定), 지혜(智慧)를 실천할 때

오온(색 수 상 행 식)이 모두 비어 있음을 비추어 보고 일체의 괴로움을 건너서다.

사리자여 물질은 빈 것과 다르지 않고, 비어 있는 것은 물질과 다르지 않다.

물질은 곧 빈 것이고, 비어 있는 것이 곧 물질이다.

받아들여 느끼는 것, 생각하는 것, 행동하는 것, 의식하는 것 또한 이와 같다.

사리자여 이 모든 법의 비어 있는 모양은 생겨나는 것도 아니고 사라지는 것도 아니며, 더러워지는 것도 아니고 깨끗해지는 것도 아니며, 늘어나는 것도 아니고, 줄어드는 것도 아니다.

이런 까닭에 비어 있는 가운데에는 물질이 없으며 받아들여 느끼는 것, 생각하는 것, 행동하는 것, 의식하는 것이 없다.

눈, 귀, 코, 혀, 몸, 뜻도 없고, 빛과 소리와 냄새와 맛과 감촉과 진리도 없다.

눈의 경계도 없고 내지 의식의 경계도 없으며 무명도 없고 또한 무명이 다함도 없다.

내지 늙고 죽음도 없고 또한 늙고 죽음이 다함도 없다.

괴로움, 괴로움의 집합, 괴로움의 사라짐, 깨달음의 길도 없다. 지혜도 없고 또한 얻을 것도 없으며 따라서 아무것도 얻는 바가 없다.

그러므로 보리살타(보살)는 반야바라밀다에 의지한다.

그러므로 마음에 걸리는 장애가 없다.

걸리는 장애가 없으므로 두려움이 없어지고 뒤바뀐 헛된 생각을 멀리 떠나 끝까지 연구하여 마침내 극락에 도달한다.

삼세(과거, 현재, 미래)의 모든 부처님이 반야바라밀다에 의지하다.

그러므로 아누다라삼막삼보리라는 깨달음을 얻게 된다.

그러므로 반야바라밀다가 (다음과 같음을) 알라.

이는 크고 신비한 주문이며, 크고 밝은 주문이며, 더 이상 높은 것이 없는 주문이고, 같은 것이 없는 주문이다.

모든 괴로움을 없앨 수 있다.

진실하여 공허하지 않다.

그러므로 반야바라밀다의 주문을 말하니 주문은 곧 다음과 같다.

아제아제바라아제바라승아제모지사바하
(가자, 가자, 피안으로 가자, 모두 다 함께 저 지혜의 세계로 갈지어다.)

남에게 **행복을 주는 사람은**

2010년 8월 5일 초판 인쇄
2010년 8월 10일 초판 발행

지은이 이 종 권
발행인 한 신 규
편 집 오 행 복
발행처 도서출판 문현
주 소 (우138-210) 서울특별시 송파구 문정동 99-10 장지빌딩 303호
전 화 (02) 443-0211
팩 스 (02) 443-0212
등 록 2009년 2월 23일 제2009-14호
E-mail mun2009@naver.com

ⓒ이종권 2010
ⓒ문현 2010 printed in Korea

ISBN 978-89-94131-08-5 03810
정 가 12,000원